colección alandar

Y montaré caballos salvajes

Tina Blanco

EDELVIVES

Directora de la colección:
Mª José Gómez-Navarro

Equipo editorial:
Violante Krahe
Juan Nieto
Lupe Rodríguez

Dirección de arte:
Departamento de imagen y diseño

Diseño de la colección:
Manuel Estrada

Fotografía de Cubierta:
Agencia EFE

2ª edición, 3ª impresión, febrero 2003

Carretera de Madrid, km. 315,700
50012 Zaragoza
Teléfono: 913 344 883
www.edelvives.es

ISBN: 84-263-4957-9
Depósito legal: Z. 74-03

Talleres Gráficos Edelvives (50012 Zaragoza)
Certificados ISO 9002
Printed in Spain

El 0,7% de la venta de este libro se destina a la construcción de la escuela que la ONG Solidaridad, Educación, Desarrollo (SED) gestiona en San Julián (El Salvador).

FICHA PARA BIBLIOTECAS

BLANCO, Tina
Y montaré caballos salvajes / Tina Blanco. – 2ª ed., 3ª reimp. – Zaragoza : Edelvives, 2003
195 p. ; 22 cm. – (Alandar ; 21)
«I Premio Alandar»-cub.
ISBN 84-263-4957-9
1. Caballos. 2. Amistad. 3. Trabajo. 4. Vida rural. 5. Superación. I. Título. II. Serie.
087.5:821.134.2-31"19"

Y montaré caballos salvajes, *de Tina Blanco,*
es la novela ganadora del
I Premio Alandar de Narrativa Juvenil.
El jurado, que se reunió el 20 de septiembre de 2001,
estaba compuesto por Carlo Frabetti,
Pablo Barrena, Esperanza García del Paso,
Nieves Martín y José Manuel Gómez Luque.

UNO

Time is a train...

Pablo paró el motor de la segadora para escuchar mejor a través de los cascos. U2 atronaba en sus oídos con uno de sus temas favoritos y no quería que nada le impidiese gozar de aquel sonido.

«Taime is e trein it meiks pas from fuchur...»

La cinta se oía mal y el problema no era el motor de la segadora. Sus dedos, como mazas, deformados por el trabajo y agrietados por la intemperie, manipularon con sorprendente dulzura las teclas del casete, un Sony antiguo con tanto polvo en cada una de las ranuras y orificios de la carcasa como si acabara de ser desenterrado.

Extrajo la cinta y vio que había perdido tensión; estaba como fruncida por los bordes. «No es extraño que se oiga mal», pensó. Probó a meterla otra vez y pulsó el *play.*

«Taime is e trein it meiks pas from fuchuuur...»

Se esforzaba en cantar al mismo tiempo que Bono, imitando los sonidos de las palabras en inglés macarrónico. Había aprendido las canciones de memoria, mucho antes de saber lo que decían. No lo supo hasta que una tarde Estefanía le dio una traducción.

Fue una tarde de domingo. Él mataba las horas con parsimonia y con cerveza, acodado en la barra del bar. Estefanía se acercó y deslizó junto a su mano una hoja de papel doblada.

—Toma —le susurró a modo de saludo.

Pablo miró la hoja y, sin alzar la vista, preguntó:

—¿Qué es?

—No sé; mira a ver. Igual es una carta de amor.

Él advirtió el tono de guasa que había en su voz y enrojeció. Tomó la hoja de papel y, al desdoblarla, vio que en realidad eran varias, tres o cuatro.

Se concentró tanto en disimular el temblor de sus manos que tardó en darse cuenta de qué se trataba.

—Son las letras de U2 —dijo Estefanía con impaciencia, ante su falta de reacción—. Le pedí a un amigo mío que tiene los vinilos que me las fotocopiara. Te gusta, ¿no?

Claro que le gustaba. Todo el mundo en el pueblo sabía que le gustaba U2. Incluso los que no sabían quién era U2. Los cascos y las cintas del grupo se habían convertido en un accesorio tan inseparable de su persona como sus vacas.

Pero, sobre todo, le gustaba que Estefanía se hubiera acordado de él. Guardaba aquel momento como un tesoro en su mente, junto a los recuerdos de escuela y, si bien había aprendido ya a no hacerse falsas ilusiones con las caprichosas atenciones de Estefanía, evocarlo le confortaba más que el mejor trago de cerveza.

Ahora que conocía el significado de las palabras, había aumentado su devoción por U2 hasta tal punto que la audición de sus canciones se había convertido en una ceremonia muy íntima, casi religiosa.

Su hora preferida era aquélla, el atardecer, cuando los campos a su alrededor parecían más solos y silenciosos, más lejos de todo que nunca. Un ansia indefinible se apoderaba de su alma cada día, a la misma hora, al concluir otra jornada extenuante.

No sentía el cansancio físico; era otra cosa. Una suma de deseos inconcretos: quizá de estar en otro lugar, que imaginaba luminoso y lleno de gente desocupada y feliz; quizá de ser otro y tener una vida que siempre imaginaba apasionante, más allá de las montañas que cerraban el horizonte como los barrotes de una celda. Una vida no determinada por la rutina de las vacas, en la que cada día era igual al anterior.

Mientras escuchaba las canciones de U2 era otro. Era aquél que cantaba. Formular las palabras en el inglés de su cosecha, al tiempo que seguía el significado con la letra en castellano, era como un rito liberador de su propia angustia.

El tiempo es un tren,
hace del futuro el pasado.
Te deja esperando en la estación,
tu rostro contra el cristal de la ventana.

Por encima de la música escuchó a lo lejos el ruido de un motor y vio que se acercaba, dando brincos por la pista de tierra, el Land Rover de Mundo. Apartó la segadora a un lado para dejarle paso, paró el casete y sacó de la bolsa de plástico que colgaba del manillar de la máquina el bote de coca-cola que le había quedado del almuerzo. Al tirar de la anilla le salpicó la cara un chorro pulverizado de espuma pegajosa. Estaba caliente como orines de vaca.

—Qué, ¿descorchando el champán? —preguntó Mundo, asomándose por la ventanilla al llegar a su altura.

Pablo sonrió con desgana y le ofreció un trago alargando el brazo.

—No, chaval —rechazó Mundo haciendo un gesto con la mano—. No he bebido una coca-cola en mi vida. Yo sigo fiel al buen tinto, y así moriré.

Mundo paró el motor del coche y apoyó su brazo en la ventanilla abierta. Se quedó mirando a Pablo de manera tan insistente e inquisitiva que se diría que quisiera penetrar en su cerebro y leer sus pensamientos.

—Otro día duro, ¿eh? —dijo como si ésa fuera la conclusión de su examen.

Pablo sabía de sobra que cuando Mundo le preguntaba eso no se refería sólo a la dureza del trabajo, sino a otro tipo de dureza. Mundo le conocía bien. Le había visto crecer día a día y nunca se había inmiscuido en su vida. Pero Pablo siempre había sentido su vigilancia protectora a lo lejos. Sobre todo, desde que se había quedado solo.

—Como siempre —respondió Pablo con una mueca similar a una sonrisa.

—Ya no sirvo para mucho —dijo Mundo—, pero si necesitas una mano, aún puedo echártela. Te lo he dicho muchas veces.

—Ya lo sé. No te preocupes. Lo que no se haga hoy queda para mañana.

—Eso es verdad. Haces lo que puedes. Pero no dejes demasiadas cosas para mañana.

Mundo acarició su cabeza pelada, deslizó la mirada por los campos de labor que les rodeaban y no dijo nada más.

Los silencios formaban parte importante del entendimiento entre Pablo y Mundo; como si confiaran más en ellos que en las palabras. Pablo supo al instante lo que pasaba por la mente del viejo: hacía un recuento de las últimas deserciones reflejadas en las fincas abandonadas de alrededor. El semblante de Mundo traslucía su inquietud por el futuro.

A Pablo le parecía un tipo duro. Y, según algunos, lo había sido en sus tiempos jóvenes. Contaban que, durante la guerra civil, había dado más de un disgusto por los alrededores. Por eso nunca salía de Dumbría; después de tantos años desde aquello, aún no se atrevía a ir a los pueblos de las cercanías, donde todavía se recordaban sus «hazañas» y, donde, al parecer, se la seguían teniendo jurada. Pero seguramente eran habladurías. Para Pablo era un buen vecino; un hombre viejo que vivía de una jubilación modesta. Ya no trabajaba en el campo, pero siempre estaba dispuesto a prestar cualquier ayuda.

Mundo pasaba el tiempo dando vueltas en un decrépito Land Rover con más años que él. A veces, Pablo lo veía sobre la loma de Pancho mirando el horizonte, como si esperara la llegada de algo, o de alguien. Oscurecía y seguía allí, la silueta redonda de su cabeza calva recortada contra el cielo, hasta que estaba tan oscuro que dejaba de verlo. Luego, un poco más tarde, oía pasar el todoterreno, renqueando, hasta la casa donde vivía, él también, solo. En el aire dejaba una estela de gasóleo mal quemado, que abrasaba la garganta.

Pablo apuró el último trago de refresco y, deseando romper el silencio, estrujó el bote con un gesto breve y vigoroso de su mano; un gesto que tenía algo de petulancia infantil.

Mundo sonrió y desvió la mirada hacia abajo, al fondo del valle. Desde el lugar en que se encontraban se veía todo Dumbría: el núcleo más denso del centro del pueblo y, a su alrededor, el resto de las casas irregularmente diseminadas, cada vez más distanciadas unas de otras, como si hubieran sido arrojadas por una fuerza centrífuga desconocida y antigua. Las luces de sodio del alumbrado público iban llenando el paisaje de puntos anaranjados, más intensos a medida que oscurecía.

—Desde aquí, a estas horas, casi parece una ciudad —comentó Pablo entrecerrando los ojos—. ¿A que sí?

Silencio. Desde el fondo del valle no llegaba ningún sonido, como si fuera un lugar muerto, deshabitado.

—Ahora nos ponen luces —dijo al fin Mundo—. Cuando era un pueblo próspero, con población, había que andar a oscuras, y ahora que cada vez quedamos menos... ¡Quién entiende a los políticos!

—A lo mejor creen que así volverá la gente —aventuró Pablo.

—O que van a impedir que sigan marchándose —argumentó Mundo.

—Pues por mí, podían habérselo ahorrado, porque yo... —dudó Pablo antes de proseguir—. Aún no tengo día fijo, pero me marcharé de aquí.

Lo dijo con una determinación que no sonaba del todo sincera. Como si quisiera probar la validez de un pensamiento recién concebido, buscando la reacción de Mundo. Muchas veces le había oído despotricar contra los cambios, harto de ver que la gente abandonaba las vacas. En Dumbría, antes, todas las familias tenían vacas. Ahora sólo quedaban cuatro explotaciones, contando la de Pablo. Muchas vacas, solía decir Mundo, pero muy pocos ganaderos.

—¡No pensarás abandonar tú también!

—No, hombre, no —se apresuró Pablo a tranquilizarlo, viendo su alarma.

—Tu padre no te perdonaría que echaras a perder lo que te dejó. Ni tus hermanas —añadió malicioso.

—Mi padre ya no está aquí —dijo Pablo sintiendo un nudo en la garganta. Y añadió con rabia—: Mis hermanas, tampoco. El único que sigue atado al tractor y a las vacas soy yo.

Mundo apoyó una mano sobre el hombro de Pablo y buscó su mirada para decirle con voz persuasiva:

—Tu padre estaba tan solo como tú. Bien sabes que tus hermanas nunca fueron ayuda para nadie, y sólo esperaban el momento de marcharse...

—Sí, lo sé. Pero, dime una cosa: ¿no merezco algo mejor?

—Ya sé lo que piensas. Ellas eligieron la vida que querían y a ti ni te dieron opción. Decidieron por ti...

—Y siguen decidiendo. Ni les hables de vender esto o hacer un cambio. ¡Ni hablar! Todo tiene que seguir igual que cuando vivía papá —dijo Pablo con amargura.

—Es injusto, lo sé, pero la vida es injusta, a veces. Y, después de todo, piensa que tienes un trabajo y una buena casa...

Pablo esbozó una sonrisa triste y miró a Mundo con decepción. No quería decirle que se guardara sus monsergas de viejo. La vida no podía ser así. No a los diecinueve años.

Mundo leyó en sus ojos como en un libro abierto y de lo que vio en ellos sacó impulso para continuar.

—Piensa que no tienes más familia, ni vas a encontrar amigo más fiel que esta tierra que está bajo tus pies. ¡Nadie! Los demás se han ido o se irán. Nos iremos todos, por un camino u otro, pero ella siempre estará ahí.

Ése había sido un golpe bajo, donde más daño podía hacerle.

Pablo desvió la mirada a un punto inconcreto del vacío y se dejó llevar por el curso de sus pensamientos como una hoja seca sigue la corriente del río. Pensó en sus hermanas, casadas y seguramente felices, a quinientos kilómetros de distancia geográfica. A muchos más de distancia fraternal. Pensó en su padre, orgulloso de ser campesino y orgulloso de que su hijo y heredero también lo fuera. Había pretendido ser indiferente a esa memoria, pero no lo era.

No le guardó rencor a Mundo por habérselo recordado. Sabía por qué lo hacía. Intentó componer una sonrisa y dijo:

—¡Venga!, ilumíname el camino, que estoy sin luz en este trasto.

El último rescoldo luminoso de la tarde, una franja anaranjada por el oeste, hacía tiempo que había desaparecido. La noche avanzaba, aunque el reloj de la torre de Dumbría no hacía mucho que diera las seis. Aún no se notaba el crecimiento de los días.

DOS

Un silencio ominoso se cernía sobre todas las cosas al caer la noche. Sólo por romperlo, Pablo conectó la tele. Mientras daba cuenta de la cena, seguía un concurso. Le divertía medirse con los participantes y adelantarse en las respuestas. Eso le llenaba de orgullo. Se imaginaba que él podía estar allí, acertando todas las respuestas, recibiendo el cheque de miles de euros... Y la cara que pondrían sus hermanas y todos los del pueblo. Y después le entristecía cuando, extinguido el fulgor de la pantalla, regresaba a la lóbrega realidad de la habitación, comedor, cocina, sala de estar, marco permanente de esas y otras fantasías de vidas maravillosas, siempre lejos de Dumbría.

Le costó tragar el último bocado mientras dudaba entre bajar al bar de Eliseo, donde le esperaba una partida con los de siempre, rodeado de humo y ruido, o lo que le había dado fama de raro: el diccionario enciclopédico que le aguardaba en la otra esquina de la mesa. Alargó el brazo para acercar el volumen y lo abrió al azar. La luz cenital de una pobre bombilla a duras penas podía con las sombras de la estancia y hacía difícil la lectura, aun para sus ojos jóvenes.

Pero Pablo no leía. Aquella noche no. La conversación con Mundo había removido viejos posos. Recordaba al niño ávido de conocimientos, no tan lejano en el tiempo; el alumno aplicado que gozaba de la más alta estima de la maestra y despertaba la incomprensión, cuando no la burla y el rencor de sus compañeros.

—Este chico debe seguir estudiando —recomendaba la maestra—. Puede conseguir una beca si es necesario.

Pero su recomendación se estrellaba una y otra vez contra la terquedad del padre.

—Todo el estudio que necesita son las cuatro reglas y eso lo enseña usted muy bien. Pero lo demás, lo tiene que aprender ¡aquí! —decía golpeando la tierra con orgullo—. Y se lo voy a enseñar yo.

—¡Qué pena! ¡Qué pena! —se lamentaba doña Esther, sabiendo que era inútil.

Lo poco que quedaba de aquel niño en el joven sumido en las sombras de la cocina renacía al acariciar las páginas del libro y pasarlas en busca de palabras desconocidas que abrían puertas de su imaginación a otros mundos que algún día pensaba descubrir.

Aquel niño quería abarcarlo todo. Sacaba de los anaqueles un volumen tras otro del Espasa, poseído por un frenesí que poco a poco iba dejando paso a la fascinación por las palabras y, después, al puro y simple cansancio. Las tardes de invierno se volvían noches entre tanto ir y venir, y al cabo de las horas, cuando ya la jornada escolar hacía mucho que había terminado, se veía ayudando a doña Esther a restituir el orden de los tomos en las estanterías.

Lo que ahora tenía entre sus manos era en realidad su primera decepción. Él había pedido a los Reyes Magos el Espasa completo, como el de la escuela, pero su padre dijo que eso no era para personas normales, que nadie en su vida podía leer tanto libro sin acabar loco.

—Con éste ya tienes bastante, hijo.

Y había depositado ante él el *Diccionario Enciclopédico* Espasa, tomo único.

A la decepción inicial le siguió una cierta sorpresa. Sus hermanas solían hacerle un regalo en Navidad y, desde que estaban fuera, le enviaban un paquetito y una carta en la que aseguraban que le echaban de menos. Pero su padre..., su padre nunca le había hecho un regalo. Doña Esther le había dicho, año tras año, que era porque todavía estaba triste por la muerte de su madre y la Navidad le traía penosos recuerdos. Pero eso había ocurrido cuando él nació; de hecho había sido a consecuencia del parto tardío. Habían pasado doce años cuando su padre le regaló el diccionario enciclopédico.

No supo hasta tiempo después que, más que un regalo, pretendía ser una compensación, un consuelo, o peor que eso: el precio de su renuncia.

—Tu padre quería sacarte de la escuela ya a los doce años —le confesó un día doña Esther—. Pero no se lo permití. No señor —añadió orgullosa.

Aun así, le estaba agradecido a su padre porque, con aquel libro, que en su día le había parecido un pobre sustituto de lo que él deseaba, había seguido alimentando sus sueños y prolongando la fascinación de las tardes de infancia. En él había encontrado un alivio para la agobiante soledad que había de venir más tarde.

Pero aquella noche no. Una vez más buscó el bullicio del bar, la escasa emoción de la partida de cartas y el sedante efecto de un poco de alcohol.

TRES

Kevin llegó al pueblo una mañana tan luminosa y fría como una premonición. Se apostó en la plaza apoyado en el costado de su furgoneta y se dedicó a mirar a la gente con descaro. Era domingo, los vecinos salían de la iglesia y algunos se quedaban formando corrillos al amor del tibio sol de invierno. Hablaban de las incidencias de sus vidas sin sobresaltos pero, sobre todo, miraban de reojo al extraño, sin referirse a su presencia, como si trataran de formarse una idea exacta de por qué estaba allí, antes de hacer ningún comentario. Algunos pasaban a su lado, y cuando Kevin les daba los buenos días con una sonrisa, apresuraban el paso y respondían al saludo hurtándole la mirada.

Pablo le observaba desde la puerta del bar de Eliseo. Intentaba calcular la edad de la furgoneta. Era una

Volkswagen verde, repintada y parcheada con múltiples brochazos de un tono distinto al original; las aletas delanteras eran desiguales y los faros no parecían ajustar bien pero, aun así, Pablo nunca la calificaría de desvencijada. Había una intención de pulcritud en el cuidado que se había puesto al reparar los daños, sin tratar de ocultar la realidad. Ésa era también la impresión que daba su dueño. Su desaliño —si se le podía llamar así— era el propio de alguien que, habiendo recorrido muchos kilómetros y teniendo la intención de recorrer aún muchos más, no dedica a su aspecto más atención de la estrictamente necesaria. Tanto la gruesa camisa de cuadros blancos y negros como el pantalón vaquero gastado parecían limpios y su largo cabello rubio, casi blanco, recogido en una coleta, brillaba al sol.

Su aparición extemporánea le resultaba intrigante a Pablo. Pero no sólo a él.

—¿Quién es ése? —preguntó Eliseo asomando la cabeza por la puerta.

—No sé. Un turista, supongo —respondió Pablo.

—Pues vienen pronto este año. ¿Cuándo llegó?

—Hace un rato, creo. No me fijé. De pronto estaba ahí.

—Tiene pinta de hippy —sentenció Eliseo volviendo a meterse dentro.

El extranjero abrió la puerta lateral corredera de la furgoneta y dejó salir un perro de gran tamaño que inmediatamente se sintió atraído por Pablo. Su dueño no hizo nada por detenerle. El can olisqueó los pantalones de Pablo y meneó la cola amistosamente. Pablo le acarició la cabeza sin perder de vista a su dueño, que, entre tanto, había sacado una estera del interior de la furgoneta y la sacudía con vigor contra la rueda trasera. Sin abandonar la tarea, gritó algo incomprensible a los oídos de Pablo, pero que obviamente iba dirigido al perro. No obstante, éste parecía más interesado en las caricias de su nuevo amigo e ignoró la llamada. Pablo vio en la situación una buena excusa para acercarse.

—¡Vamos, bonito! ¡Vamos!

El perro le siguió encantado.

—¡Es un pesado! Y un desobediente —dijo el extranjero cuando Pablo estuvo cerca, con evidente acento pero con inesperada corrección.

—¿De qué raza es? —preguntó Pablo.

—Es un... una mezcla...

—Un cruce... —le ayudó Pablo viendo que tenía dificultad para encontrar la palabra adecuada.

—Sí, eso es, un cruce. Podenco canario y otra raza que no conoces.

Pablo no supo si se refería a su ignorancia en materia de razas caninas o había utilizado mal el tiempo verbal. Se quedó pensando en ello mientras miraba de soslayo la matrícula de la furgoneta.

—¿Cómo se llama? —preguntó Pablo volviendo a las caricias al perro.

—*Cernunos* —respondió el joven, satisfecho.

Pablo no dijo nada. Y entonces, le explicó condescendiente:

—Es un dios celta. El dios de los bosques.

Pablo siguió en silencio.

—¿Te interesa la mitología celta? —preguntó el joven.

—No, no mucho... —titubeó Pablo—. Bueno, en realidad no sé nada de los celtas —añadió sincerándose.

—Es extraño. Vives en tierra celta.

Dicho lo cual, procedió a recoger la estera y a colocarla en su sitio, que era tapando los agujeros del suelo de la furgoneta. Parecía que la conversación no iba a tener futuro, pero Pablo sentía demasiada curiosidad para abandonar. Estiró el cuello de manera ostensible para echar otra mirada a la placa de la matrícula y ya iba a preguntar de qué país era, cuando el extranjero se le adelantó:

—Tengo algunos libros sobre los celtas ahí dentro —dijo señalando el interior del vehículo—. Puedes pasar y verlos si quieres.

Nada podía haber colmado mejor sus expectativas, pues desde el primer momento no lograba evitar las miradas furtivas por el hueco de la puerta.

Cuando puso el pie sobre el suelo metálico, que crujió bajo su peso, Pablo sintió que estaba atravesando el umbral hacia algo nuevo.

—Es mucho más grande de lo que parece —comentó sorprendido—. Y está bien aprovechada.

—Se la compré a un australiano en Málaga, por nada. Un chollo, ¿se dice así? Tuve que hacer algunos arreglos, pero poca cosa. ¡Ahora es mi casa! —concluyó con orgullo.

Pablo, con la cabeza inclinada, miraba los libros alineados en una estantería colgada sobre el catre.

—Mi biblioteca —anunció el joven con énfasis.

La palabra sonó, a oídos de Pablo, desproporcionada y solemne en aquel marco. Pensó que era una palabra demasiado grande para meterla entre las cuatro paredes de aquella furgoneta.

—Bueno, parte de mi biblioteca —rectificó como si hubiera leído el pensamiento de Pablo—. Sólo lo que me interesa en esta etapa de mi vida.

Pablo se quedó con aquellas palabras resonando en su mente: «esta etapa de mi vida» y siguió examinando los lomos de los libros.

—¡Pero están todos en inglés! —exclamó de pronto con decepción.

—¡Claro! ¿Qué esperabas? ¡Yo soy inglés, hombre! —respondió el joven riendo.

—¡Ah!... Inglés —repitió Pablo, abstraído, mientras sacaba uno de los libros del estante y comenzaba a hojearlo.

—Ése es sobre mitología celta, leyendas, costumbres, cuentos... Me gustan esas historias. Y la vida que hacían los celtas. Creo que era mejor que la nuestra. Y todos estos tratan sobre caballos —añadió en vista del silencio ausente de Pablo—. Éstos —dijo abarcando con su mano otro grupo— son de pensamiento, filosofía y cosas así. Éste —extrajo uno y se lo acercó a Pablo— me lo regaló un hombre que conocí en California. Era un viejo profesor de universidad, creo. Es un buen libro, cuando estoy en crisis, leerlo me trae *seneridad*.

Pablo no le corrigió la palabra mal dicha. Se sentía demasiado abrumado por su propia ignorancia para hacerlo.

—Es importante para un hombre tener un libro de referencia, ¿no crees?

La imagen del *Diccionario Enciclopédico* Espasa, tomo único, cruzó por la mente de Pablo de forma fugaz. «Mi libro de referencia, mi biblioteca», pensó. Pero no dijo nada. Como si hubiese perdido la facultad del habla. Era consciente de que su mutismo empezaba a resultar incómodo y que el inglés trataba de romperlo una y otra vez; sin embargo, le daba igual.

Siguió hojeando aquellos libros, uno tras otro, en silencio, deteniéndose en los dibujos, en las fotografías, que era lo único que podía comprender. Despertaban en él la misma emoción que las canciones de U2: un vacío, la sensación de carencia de algo fundamental, de que su vida era un esfuerzo inútil, equivocado. Pero quién se había equivocado, ¿él o quien había decidido su destino por él?

—¿Quieres un té? —oyó que preguntaba el inglés.

—Bueno —respondió Pablo como saliendo de un sueño.

Enseguida se arrepintió de su ligereza, pues no tardó en recordar que la única vez en su vida que había tomado té, por prescripción médica, le había parecido una bebida con un repugnante sabor a corteza de árbol. Pero ya era tarde para decir que no y, además, nunca se hubiera atrevido. Se sentía intimidado por la superioridad que emanaba el inglés, su biblioteca, incluso su Volkswagen, decrépita y, sin embargo, digna. Devolvió el libro que tenía en las manos a su lugar y se sentó en el borde del catre, que hacía las veces de sofá, con el mismo ánimo que si estuviera en la sala de espera del médico.

—¿Hay caballos por aquí?

El inglés lanzó la pregunta mientras vertía agua de una tetera grande a otra pequeña. El olor acre de la infusión y la pregunta golpearon a Pablo al mismo tiempo.

—¿Qué quieres decir? ¿A qué caballos te refieres? —preguntó a su vez, sorprendido.

—A caballos salvajes, en libertad...

—Aquí, en Dumbría, no...

Titubeó, no sabía muy bien a qué estaba respondiendo.

—Entonces no es buena la información que tengo. Me habían asegurado que por aquí había muchos caballos de montaña.

—Si te refieres a la Braña... Ahí, sí, puede haberlos —aventuró Pablo.

—No sé si me refiero a la Braña, ¡hombre! —replicó el otro con impaciencia—. ¡Yo soy inglés! Me han dicho que en esta zona hay un lugar donde podría encontrar caballos. Eso es todo todo lo que sé.

Le ofreció una taza de té y una amable sonrisa que contrastaba con su desabrida respuesta.

—Pues sí, debe de ser en la Braña, hacia el interior —dijo Pablo con débil voz.

Acababa de percibir el olor del té en toda su intensidad, reviviendo en su recuerdo momentos de intenso malestar.

—Pero no está muy cerca —añadió cuando consiguió sobreponerse.

—¿Cuántos kilómetros? —se interesó de nuevo el inglés.

—Igual hay... cuarenta kilómetros —dijo Pablo haciendo un esfuerzo para recordar, y para tragar el té.

Su expresión debió de parecerle preocupante al inglés porque se apresuró a exclamar jovial:

—¡Eso no es nada! ¡No para un hombre como yo y una furgo como ésta!

Y al decirlo golpeó con su pie el suelo, que sonó hueco y quebradizo.

El perro, que se había ovillado en un rincón, se despertó al oír el golpe y comenzó a moverse impaciente.

Pablo vio la oportunidad de librarse del brebaje y no tardó un segundo en decir:

—Creo que quiere dar un paseo. *Cernunos* —subrayó, demostrando que había tomado buena nota del nombre.

Salieron a la plaza, desierta ya a aquella hora en que todos debían estar comiendo.

—Si quieres te explico el modo de ir a la Braña —se ofreció Pablo.

—No, no hay prisa. Seguramente me quedaré un tiempo por aquí. Parece un buen sitio para vivir. Me llamo Kevin —dijo extendiendo la mano. Y añadió—: Ha sido un placer. Espero que seamos amigos.

—Yo me llamo Pablo. Lo mismo digo.

CUATRO

Para Dumbría, la llegada de Kevin fue un hecho incómodo desde el principio. Como el nacimiento de un tumorcillo, de una excrecencia incómoda en el lugar más visible. Había surgido de un día para otro, justo en el corazón de Dumbría: en la plaza del roble centenario, de la fuente pública, de los tilos americanos y del mejor bar del pueblo. Era imposible ignorarlo.

Él, por su parte, se comportaba con la mayor naturalidad del mundo. Se había instalado allí y, día a día, se iba extendiendo en función de sus necesidades hasta convertir la plaza en una prolongación de su vivienda rodante. Por las mañanas, si había sol, sacaba una mesa y una silla plegables y se sentaba a leer plácidamente mientras escuchaba la música celta que salía a borbotones por las ventanillas y puertas de su furgoneta, llenando el aire de sones de gaitas escocesas y flautas irlandesas.

Para Pablo, la llegada de Kevin fue una conmoción total en su vida. Un terremoto y una revelación. Al anochecer, después de la cena, ya no se quedaba a leer el diccionario o a ver los concursos de la tele. Corría hacia la plaza, no para ir al bar como otras veces, sino para escuchar al inglés.

—Cuando yo era niño, en mi tierra, en el sur de Inglaterra, solía escaparme al bosque. Entre los árboles, construí una cabaña con ramas y pasaba las horas allí soñando que vivía como los celtas, con mis caballos y mi perro. Me olvidaba de comer, de volver a casa... ¡Tenían que ir a buscarme mis padres! Ya ves si tengo alma de celta. ¡Mi abuelo era irlandés! —concluía muy orgulloso.

Sentados al abrigo de la furgoneta, Kevin le instruía en los secretos de la vida de los celtas: los guerreros, los poetas, los druidas... Pero sobre todo le hablaba del culto a la libertad de aquel pueblo antiguo, que llevaban hasta el punto de alejar a sus hijos de la familia cuando alcanzaban la pubertad, para que se enfrentaran solos a las dificultades de la vida y de ese modo se hicieran fuertes.

Pablo bebía las palabras de Kevin, embelesado por sus vastos conocimientos, y pensaba, con íntimo orgullo que, si de eso se trataba —de soledad, de enfrentarse solo a la vida— él también era celta; más celta que nadie.

Pero lo que más le fascinaba a Pablo eran sus andanzas, a medias sugeridas, a medias desveladas —y no siempre por la limitación de su castellano, que mejoraba día a día, sino por el halo de misterio en que envolvía su vida de una manera que Pablo dudaba si era deliberada o no.

Por ejemplo, decía de pronto:

—En el valle de Yosemite puedes oír a los pavos reales cantar al amanecer.

—Y dónde está eso —preguntaba Pablo, dispuesto a ser todo oídos.

—¡En California, hombre! ¿Dónde va a estar?

Pablo callaba anonadado por su ignorancia y ardía con la impaciencia de saber más. Sólo al cabo de un rato se atrevía a preguntar:

—¿Estuviste en California?

—Sí. Cuando dejé Inglaterra, fue lo primero que hice. Trabajaba de jardinero en las mansiones de los millonarios.

Y añadía con risa maliciosa:

—¡Un americano rico se vuelve loco por tener a un inglés en su jardín!

Pero si Pablo trataba de indagar más, el inglés cambiaba de tema enseguida.

Durante las primeras semanas, cada noche al despedirse de Kevin, Pablo pensaba que quizá fuera la última. Pese a sus declaraciones de amor al paisaje y al aire puro de las montañas, Pablo no se fiaba. Pensaba que un día desaparecería igual que había aparecido. Nadie se quedaba a vivir del purísimo aire de Dumbría. Tenía que encontrar la manera de retenerle y de que siguiera contándole historias. Era mucho mejor que el *Diccionario Enciclopédico.*

De los caballos, desde la conversación del primer día, no había vuelto a hablar. Fue Pablo el que lo sacó a colación una noche.

—¿Estudias a los caballos salvajes o algo así? —preguntó de sopetón.

Kevin pareció sorprendido. Le miró enarcando una ceja interrogante.

—¿Estudiar los caballos salvajes? ¿Por qué dices eso?

Ahora el sorprendido era Pablo.

—Lo digo porque el otro día me preguntaste dónde había caballos, ¿recuerdas?

—¡Ah, sí!, pero no para estudiarlos. Es otra la idea que tengo en mente —dijo misterioso—. ¿Podrías acompañarme a ese lugar? ¿Cómo has dicho que se llama...?

—La Braña.

—Sí, la Braña.

—Podemos ir un domingo si te parece —sugirió Pablo después de pensar un instante—. Es el mejor día para mí.

—Está bien. Para mí todos son iguales —dijo Kevin sonriendo.

En los días siguientes, como preparación del viaje a la Braña, Pablo hizo algunas averiguaciones por su cuenta. No quería dar ningún paso en falso y, sobre todo, tenía mucho interés en demostrarle a Kevin que, cuando se le encomendaba algo, respondía con seriedad y responsabilidad.

Fue a ver a Mundo para cerciorarse de los lugares exactos donde podían encontrar caballos, ya que él sólo tenía una idea vaga basada en lo que había oído a unos y a otros en el pueblo.

Al principio, Mundo se mostró sorprendido ante aquel repentino interés de Pablo por caballos, pero, cuando supo la razón, se puso en guardia.

—¿Y para qué quiere caballos ese inglés?

—No lo sé. Parece que quiere verlos.

—¿Sólo para verlos?

—¡Y yo qué sé! —se impacientó Pablo.

—No te fíes del primer chalado que aparezca por ahí —le advirtió Mundo receloso.

—¿Y qué hay de malo en ir a ver caballos?

—No sabes quién es, ni qué intenciones tiene. Igual es un ladrón, o trabaja para ladrones. Puede que sólo quiera informarse de dónde hay buenos caballos y luego, tras él, vengan los cuatreros a llevárselos. ¿Ya no te acuerdas de lo que pasó el año pasado en San Adriano? ¡Dieciocho potros se llevaron en una sola noche!

—¡No, hombre, no! Yo creo que estudia a los caballos. Tiene muchos libros en su furgoneta sobre eso y sobre los celtas y cosas así —le tranquilizó Pablo.

Mundo persistía en su desconfianza:

—¿Y si es un traficante de drogas?

—El caballo que interesa a los traficantes no es el de cuatro patas, abuelo —bromeó Pablo dándole un cachete cariñoso.

—¡Qué inocente eres, Pablito! —exclamó Mundo conmiserativo.

A regañadientes, acabó dándole las indicaciones que Pablo le pedía.

A la mañana siguiente, temprano, Kevin apareció por casa de Pablo. Traía una bolsa en la mano.

—¡Ya sé el lugar exacto donde podemos ver caballos salvajes! —le anunció Pablo con aire triunfante.

El inglés le miró con sorpresa, como si no supiera de qué le estaba hablando, y dijo sin entusiasmo:

—¡Ah! Eso está bien, hombre. Quizá el domingo. ¿Puedo ducharme aquí? —preguntó como si eso fuera lo único que le preocupara en aquel momento.

Y añadió, mostrando la bolsa:

—Tengo algunas cosas para la lavandería. ¿Hay alguna por aquí cerca?

Pablo le miró atónito. Kevin siempre lograba desconcertarle con sus salidas. Como si vivieran en mundos diferentes.

CINCO

Enero había sido un mes inusualmente templado y bonancible. Las heladas nocturnas, tan propias de ese tiempo, apenas se habían hecho notar y, en consecuencia, febrero se presentaba ya primaveral. Las tardes se alargaban día a día y los rayos del sol doraban las incipientes flores de los tilos. Para Pablo el adelanto de la primavera tenía algunas consecuencias. Significaba, sobre todo, que las tareas se acumulaban. Además de la rutina diaria de las cuadras, había que arar, abonar y sembrar los campos para renovar los pastos. En aquellas ocasiones, Pablo veía a las vacas como insaciables máquinas devoradoras que acabarían por engullirle a él mismo. Pero aun así, se las ingeniaba como podía para disponer cada vez de más tiempo que pasar con Kevin.

Cuando se acercó aquella noche a la plaza ya se dio cuenta de que algo raro pasaba. Todos los aditamentos exteriores, como la mesa y las sillas, que normalmente dormían a la intemperie, habían desaparecido de los alrededores de la Volkswagen; y tampoco se escuchaba música.

Pensó que quizá estaba cenando en el bar de Eliseo, como otras veces, pero vio que había luz en el interior de la furgoneta. Acercó el oído tratando de percibir el interior y sólo el leve roce de su oreja fue suficiente para alertar a *Cernunos*, que comenzó a ladrar.

Kevin se asomó a la puerta. Tenía cara de pocos amigos y le invitó a pasar con un gesto cansado de la mano.

—¿Qué pasa? ¿Por qué has recogido todo? —preguntó Pablo, ansioso, pensando que sus peores temores estaban a punto de confirmarse.

Kevin hizo un mohín de fastidio y se dejó caer en el catre desmadejado. Sonrió al ver la alarma reflejada en el rostro de Pablo y dijo:

—¡Las normas! ¡Siempre las normas! Creía que eso sólo pasaba en mi país y por eso me fui de allí. Pero veo que alcanzan a todas partes.

—Dime qué ha pasado —le urgió Pablo impaciente.

—La *guardicial*... —trastabilló.

—¿La guardia civil? ¿Qué te han dicho?

—Puedo tener la furgoneta en la plaza, bien aparcada, pero no puedo convertir la plaza en un campamento —dijo, alargando exageradamente las últimas palabras con tonillo de cantinela—. Y además el perro tiene que estar atado —añadió.

Pablo no sabía qué decir, pero le tranquilizó que no le hubieran ordenado salir de Dumbría, o algo peor.

Cernunos, echado a los pies de su amo, le miraba con ojos tristes como si esperara una palabra de consuelo. Pablo le acarició la cabeza y con un gruñido de satisfacción, se enroscó totalmente.

—¿Crees que ha sido una denuncia? —aventuró Pablo.

—¡Noo! ¿Por qué? —respondió con extrañeza—. No hago nada ilegal. Y además, ¡soy un ciudadano comunitario! —añadió poniendo un énfasis exagerado en la última frase.

Pablo asintió con vigor, aunque sólo tenía una vaga idea del significado de «ciudadano comunitario».

En cambio sí tenía una idea bastante exacta del significado de «hippy zarrapastroso y gitanuzo». Se lo había oído aquella misma mañana a Lino, ex compañero de escuela, habitual colega de partida, y lo más parecido a un amigo que conservaba Pablo. Dos de sus fincas eran contiguas y cuando coincidían, solían sentarse un rato a descansar. No mucho tiempo; lo que duraba el pitillo de Lino. Aquel día, sin embargo, desde el primer momento, Pablo se dio cuenta de su hosco silencio. Y del esfuerzo deliberado por ignorarle.

—Qué, anoche te tocó pagar la ronda, ¿no? —había preguntado Pablo tratando de iniciar una conversación.

—¿Y a ti qué coño te importa? Ocúpate de tu hippy zarrapastroso y gitanuzo.

—No existe esa palabra —le había advertido Pablo, haciendo un esfuerzo por ignorar el tono de la respuesta.

—¿Qué coño de palabra? —había vuelto a preguntar Lino, desafiante.

—Gitanuzo.

Lino detuvo el azadón con el que hasta ese momento había estado abriendo un surco y se quedó quieto, con la cabeza hundida en el pecho como si estuviera rezando o meditando lo que iba a decir a continuación. Luego sólo le miró, con ojos sombríos, amenazantes como una nube de tormenta, escupió en sus manos y siguió cavando.

Pablo no había insistido y decidió atribuir la agresividad de su amigo a una especie de celos o resentimiento por su interés hacia el extranjero. No había querido darle más importancia pero, en aquel momento, a la luz de lo ocurrido con la guardia civil, las palabras y la mirada de Lino adquirían un nuevo significado. «¿Y si sólo son la punta del iceberg? ¿Y si aquella hostilidad sólo es un reflejo de algo que empieza a crecer en el pueblo?», pensó con inquietud.

Kevin interrumpió sus pensamientos proponiendo salir a la plaza para ver las estrellas. Pablo accedió distraído y no interpretó la propuesta en un sentido literal.

—Ya que no puedo sacar mis sillas —dijo Kevin—, nos sentaremos en la fuente. Desde allí podemos ver bien el cielo.

No parecía preocupado ni temeroso de nada. Exhalaba la misma seguridad y confianza en sí mismo de siempre. Todo lo que Pablo sentía que le faltaba a él.

SEIS

Pese a la advertencia de la guardia civil, Kevin no dudó en dejar suelto a *Cernunos*, que inició un minucioso recorrido de la plaza con el hocico pegado al suelo como si fuera un detector de metales.

Pablo no hizo ningún comentario, pero echó una mirada a su alrededor por si había alguien observándoles. La incómoda sensación de amenaza que enturbiaba su espíritu no le abandonaba. No obstante le tranquilizó ver que la plaza estaba desierta. Y silenciosa. Sólo de cuando en cuando llegaba alguna voz amortiguada desde el bar de Eliseo, lo que hacía renacer la inquietud de Pablo.

—¡Fíjate! —exclamó Kevin, por completo ajeno a sus cuitas—. ¡Ahí está Orión! ¡El arquero! ¡Qué magnífico! ¿Lo ves? —dijo señalando al cielo.

—No.

—¿No lo ves? ¡Pero si está ahí, enorme, sobre nosotros! —le urgió Kevin.

Pablo miró al firmamento con la expectación de alguien que aguarda al autobús, no como quien mira las estrellas.

—Sus brazos son aquellas dos estrellas: Rigel y Betelgeuse. Y lleva en el cinto una daga, como los guerreros celtas. Y a sus pies hay un perro —insistía Kevin con entusiasmo.

Pablo entornó los ojos de soslayo hacia el inglés y emitió una risilla desconfiada, seguro de que, ahora sí, se estaba burlando de él.

—Y detrás, hay una nebulosa —prosiguió el inglés exaltado— que parece un caballo. Pero a simple vista sólo se distingue en noches de extraordinaria visibilidad.

Pablo alzó de nuevo la mirada en busca de aquellas maravillas que él no era capaz de ver.

Kevin, para ayudarle, trazó en el suelo con el dedo el esquema de Orión y luego obligó a Pablo a levantar los ojos al cielo otra vez.

—Es la constelación más hermosa del firmamento... —dijo Kevin con voz soñadora. Y añadió—: Aunque no he visto aún la Cruz del Sur.

Pablo siguió escudriñando la esfera celeste con ahínco, más que nada por no decepcionar a su amigo. Hasta que el cuello le dolió tanto que pensó que ya nunca más podría enderezarlo.

Pero sí pudo: en el mismo instante en que la puerta del bar se abrió y escuchó la voz de Lino, entre otras, que salían comentando la partida.

Pablo observó que bajaban el tono al darse cuenta de su presencia en la fuente y empezaban a cuchichear. Deseó, inútilmente, que tomaran otro camino, pues de sobra sabía que su camino era aquél: justo por delante de donde Kevin y él se encontraban. El inglés les miraba sin demasiado interés, pero en aquel momento surgió de la oscuridad *Cernunos,* que, a grandes zancadas y con amenazadores ladridos, pareció que iba a abalanzarse sobre el grupo. Uno de ellos sacudió una patada al can y éste se enardeció aún más, ignorando por completo las llamadas de su dueño.

La confusión duró apenas unos instantes y concluyó sin más, con un grito lastimero de *Cernunos* que retrocedió para seguir ladrando a distancia.

El alboroto fue suficiente para que varias ventanas de la plaza se abrieran y luces apagadas volvieron a encenderse.

Kevin se acercó al perro, arreciando sus recriminaciones en inglés y, al cruzarse con el grupo, uno de ellos tropezó deliberadamente con él.

Pablo, de pie, tenso, expectante y alarmado, vio cómo Kevin se detenía y miraba al que le había empujado. Luego le oyó decir con voz muy calmada:

—¡Mira por dónde vas, hombre! La plaza es grande.

—No me parece que sea muy grande, últimamente —dijo una voz que Pablo no logró reconocer.

Pero sí identificó con claridad la de Lino.

—Un buen trozo de carne envenenada, y se acabó

el problema. La próxima vez, lo mato —dijo al pasar, mirando a Pablo desafiante.

—Y a los hippies maricones también —farfulló otro del grupo con voz pastosa.

Pablo sintió vergüenza antes del miedo. Vergüenza de verse a sí mismo formando parte de aquel grupo. Pero luego la vergüenza se transformó en miedo. Miedo por el odio que había captado en aquellas palabras.

Quiso decir algo, pero los sonidos se le atascaron en la garganta.

Kevin regresó trayendo del collar a *Cernunos*, ya completamente calmado.

—Sólo eran unos borrachos —dijo con despectiva tranquilidad.

Pablo no le dijo a Kevin lo que había oído de labios de Lino. Pensó que ojalá fueran sólo eso: borrachos. Porque los efectos del alcohol con una noche de sueño se disipan. Pero el odio no.

Tras el incidente ya no volvieron a acordarse de las estrellas. Pablo le dijo a Kevin que aparcara la furgoneta aquella noche en su casa, un lugar aislado del pueblo; o que incluso durmiera en su casa. Pero Kevin rechazó el ofrecimiento alegando que no había motivos para cambiar su vida. No estaba asustado por nada, e insistió:

—Sólo son tonterías de borrachos. Mañana ya no se acordarán.

Pablo deseó con todas sus fuerzas que fuera eso: sólo tonterías de borrachos.

Desde la plaza a casa de Pablo había una distancia de un kilómetro, por la pista. Pero él solía tomar un sendero, campo a través, que la acortaba a menos de la mitad. Caminaba ligero, con paso firme y seguro, pese a la oscuridad, porque conocía cada piedra, cada hendidura del camino, mejor que su propia piel. Podría caminar mirando al cielo sin tropezar con nada.

Y eso fue lo que hizo. Alzó la cabeza con los ojos cerrados y siguió andando.

Pero de pronto, como si alguien le llamara, los abrió.

Y entonces se produjo el milagro: ¡allí estaba! Allí estaba el arquero inmóvil, sosteniendo el firmamento con sus brazos extendidos, arrogantes.

Habría querido correr a contarle a Kevin que lo había logrado, que había conseguido ver lo mismo que él, pero le detuvo el recuerdo del incidente. Por aquella noche ya había habido escándalo suficiente en la plaza.

Se dejó caer en la hierba con los brazos extendidos como los del arquero y, mientras buscaba afanosamente la daga, el perro y el caballo, trataba de recordar los nombres que había pronunciado Kevin. Los nombres de las estrellas que Pablo nunca pensó que tuvieran nombre. Porque en Dumbría las estrellas nunca habían tenido nombre y sólo se miraba hacia ellas para barruntar si habría helada o no.

Contemplaba el cielo con los ojos dilatados por el asombro de constatar que, habiendo estado desde siempre allí, era la primera vez que lo veía. La silueta del arquero perdió nitidez de pronto y fue llenándose de estrellas, millones de estrellas que cobraban un inesperado relieve y fue como si la Vía Láctea entera inundara sus ojos y se desbordara a lo largo de sus mejillas.

Estaba llorando. Eso era algo que ninguna canción de U2 había logrado nunca.

Al entrar en casa fue derecho a por el diccionario, que descansaba sobre la mesa de la cocina.

«Orión —leyó—, constelación ecuatorial, una de las más hermosas del cielo, situada al oriente del Toro y al occidente del Can Menor y del Mayor.»

También decía: «Gigante de gran belleza que intentó violar a Artemis. La diosa envió un escorpión que le picó en el talón, produciéndole la muerte. Tanto el escorpión como Orión fueron transformados en constelaciones».

Pablo cerró el diccionario y se quedó pensando, con asombro, en el drama que se escenificaba sobre su cabeza cada noche sin que él se percatara.

Se acercó a la ventana y, haciendo pantalla con sus manos para tapar la claridad, miró al cielo de nuevo. Había dejado de ser lo que había sido siempre. Aquella noche lo vio como un grandioso escenario petrificado, en el que tenían, o habían tenido lugar, quién sabe cuándo, historias dolorosas y trágicas. Veía el cielo como si fuera un espejo en el que se reflejaba la tierra.

SIETE

La música de U2 sonaba en el interior de la Volkswagen con volumen suficiente para oírla bien, pero sin que traspasara los límites de la furgoneta.

No hablaban de ello, pero tanto Pablo como Kevin eran conscientes de que no podían dar excusas a los ojos y oídos que acechaban en la sombra. Kevin, con una impasibilidad que acrecentaba la admiración de Pablo, se mantenía en los límites impuestos, pero sin ceder ni un milímetro en lo que consideraba sus derechos de «ciudadano comunitario». Ignoraba los gestos hostiles o los comentarios groseros de algunos vecinos y actuaba, en todo momento, con la dosis justa de corrección, firmeza y arrogancia, para mantener a distancia al invisible enemigo. Había hecho de permanecer en la plaza una cuestión de principios y se mostraba tan seguro de ganar aquel pulso que lograba contagiar a Pablo y disipar sus temores.

Y puedes tragar
o escupir,
puedes vomitarlo todo.
O atragantarte con ello.
Y puedes soñar,
así que sueña en voz alta,
sabes que se acerca tu hora
...no permitas que esos cabrones te hundan.

Kevin traducía las palabras que Bono iba desgranando con su voz bien timbrada, y observaba la atención fervorosa de Pablo.

—¡Me encantaría saber inglés para entender yo solo las canciones! —exclamó Pablo arrebatado cuando concluyó el tema.

Al percatarse del gesto burlón de Kevin, le preguntó:

—A ti no te gusta mucho U2, ¿verdad?

—¡Psé! Prefiero la música celta.

—Pues a mí no me dice nada esa música. En cambio, las canciones de U2 dicen cosas.

—¿Qué cosas, hombre? —volvió a preguntar Kevin.

Y Pablo respondió con otra pregunta:

—¿Crees que alguien que no tiene nada que ver contigo, ni la misma vida, ni el mismo trabajo, ni el mismo país, ni el mismo idioma..., ¡nada!, puede sentir lo mismo que tú?

—Por supuesto —afirmó Kevin—. Puede sentir exactamente lo mismo y, además, ser capaz de expresarlo con las palabras adecuadas.

Y recitó:

Haremos un agujero a través de la noche.
Cada día muere un soñador
para ver qué hay del otro lado.

—¿Sabes que una vez fui a la academia de inglés de Villa para apuntarme a las clases? —dijo Pablo.

—¿Sólo para entender a U2? —preguntó a su vez Kevin con sorna.

—Sí —aseguró Pablo. Y después de una pausa, añadió, dudando—: Bueno, y para lo que pudiera servir.

—¿Y qué pasó?

—Ni siquiera toqué el timbre. Era una estupidez.

—¿Por qué era una estupidez? —repitió Kevin.

Pero Pablo no respondió a la pregunta.

Era algo de lo que no había hablado con nadie hasta aquel momento. La pretensión de estudiar inglés habría sido tomada por una excentricidad inadmisible en su situación. ¿Para qué necesitaba saber inglés alguien que se pasaba dieciséis horas trabajando en el campo y cuidando vacas? Mientras las vacas no hablaran inglés, maldita la falta que le hacía a él, habrían pensado sus hermanas. Y cualquier persona cuerda en el pueblo. Eso fue lo que le hizo retroceder en el instante mismo en que iba a pulsar el timbre de la academia. El miedo al ridículo. El miedo al ridículo le impidió hablar de ello a Kevin.

El autobús de línea hizo su entrada en la plaza en aquel momento, deteniéndose al otro lado de la fuente, justo enfrente de la Volkswagen.

En un santiamén se llenó todo de gente, entre los que bajaban del autobús y los que acudieron a recibirles.

Pablo se enderezó y siguió con atención el descenso de viajeros.

—Son los estudiantes que vienen de fin de semana —dijo.

Una joven de melena larga que acababa de bajar hizo un gesto con la mano hacia la furgoneta y Pablo enrojeció de pronto.

—¿Quién es? —preguntó Kevin sonriendo con picardía—. No la había visto nunca.

—Estefanía. La hija de Eliseo. Estudia fuera...

Durante un instante se quedó en silencio, como si le faltaran las palabras.

—Informática... —prosiguió por fin, como si consiguiendo hablar pudiera borrar la sonrisa de Kevin.

—Ya, ya, ya... —dijo éste moviendo la cabeza con un gesto cuyo significado era: «No disimules que he notado que esa chica te gusta».

—Pues es guapa. Una belleza muy española.

Pablo rió, sin estar muy seguro de que aquello fuera un elogio en boca de Kevin. Y añadió pesaroso:

—No tengo nada que hacer. Ella aspira a algo mejor que un paleto como yo. Es un amor imposible. Además, no se quedará aquí mucho tiempo.

—Según tú, nadie se quedará aquí mucho tiempo... —ironizó Kevin.

—Es que nadie se quedará aquí mucho tiempo —repitió Pablo vehemente—. Los jóvenes se marchan a las ciudades en cuanto ven la oportunidad y los viejos se mueren, así que... ya me dirás.

—A mí me parece un buen sitio para vivir —afirmó Kevin.

Pablo le miró incrédulo.

—¿Sabes por qué estoy yo en Dumbría —preguntó, después de un silencio— en vez de estar en una ciudad, con un trabajo de ocho horas y vacaciones como los demás?

—No —respondió Kevin.

—Por mi padre. Cuando se estaba muriendo nos hizo prometer que nunca abandonaríamos las tierras.

—Esa promesa también incluye a tus hermanas, ¿no?

—Dijeron que era cosa mía. Y, en cierto modo, no les falta razón. Por un lado, ellas ya se habían casado y se habían ido. Son mucho mayores que yo. Yo nací cuando ya nadie me esperaba y, según mi padre, nací para esto. Para seguir tirando del carro.

Lo dijo con tal rotundidad que Kevin guardó silencio. Sólo al cabo de un rato se atrevió a preguntar:

—¿Y tu madre?

—Mi madre murió a consecuencia del parto.

Eliseo había acudido a recoger a su hija y cargaba con la maleta en dirección al bar. La joven, mientras se alejaba, hizo otro gesto de saludo y sonrió.

Pablo respondió alzando la mano tímidamente.

—Creo que es el mejor momento de ir a tomar una cerveza —propuso Kevin alegremente, levantándose.

—¡No digas tonterías! —le disuadió Pablo riendo—. Ya iremos luego.

—Entonces vamos a pasear al perro, así se quedará tranquilo.

Aún no había terminado la frase y *Cernunos* ya estaba revolucionado.

—¡Es increíble! Este perro entiende el español mejor que tú —exclamó Pablo, tan nervioso como *Cernunos.*

Cernunos saltó de la furgoneta antes de que Kevin pudiera atarlo y salió como una flecha hacia un pequinés que estaba en el otro extremo.

Dos mujeres ancianas estuvieron a punto de ser arrolladas, primero por el perro y luego por Kevin, que salió lanzado en persecución de aquél.

Las dos mujeres cruzaron la plaza con pasitos cortos, como de gorrión, y al llegar a la altura de Pablo se detuvieron.

—¡Hola, Pablo! —dijo una de ellas.

—Buenas tardes, Elena —respondió a la que había hablado.

Y agregó dirigiéndose a la otra:

—Buenas tardes, doña Esther.

Pero ésta no contestó. Mantuvo la sonrisa ausente que ya traía y se limitó a mirar a Pablo con la intensa fijeza de sus ojos exageradamente abiertos.

—Es raro que no te salude —la disculpó Elena—, el tuyo es de los pocos nombres que recuerda. ¿No sabes quién es, Esther? —le preguntó con dulzura, mientras acariciaba la mano que se apoyaba en su brazo.

Pero la anciana siguió sonriendo, con aquel estupor que convertía su rostro en una máscara inerte.

—Vamos a dar un paseo antes de que se haga de noche —dijo Elena con una elocuente mirada de tristeza, al tiempo que tiraba con suavidad de la otra.

Kevin había llegado a la última parte de la conversación, pero se mantuvo un poco distante con *Cernunos* sujeto por la correa.

—¿Quién es este muchacho tan rubio? —preguntó Elena al percatarse de su presencia.

—Es Kevin. Un inglés —respondió Pablo.

—¡Ah!, ya me parecía a mí que no era de por aquí.

Las dos mujeres se encaminaron hacia la carretera de salida del pueblo, con su paso vacilante pero decidido.

—¿Quiénes son? Parecen simpáticas —preguntó Kevin mientras se alejaban.

—La más vieja era mi maestra, doña Esther. Me tenía mucho cariño y siempre decía que yo debía seguir estudiando. Ahora tiene alzheimer. La otra es su hermana, y la cuida.

Kevin hizo un gesto con la cabeza que expresaba algo parecido a «¡Qué lástima!».

Pablo vio acercarse al pequinés y a pocos pasos de distancia a su dueña, que no era otra que Estefanía.

—Nada, que no hay quien la saque de tu perro —dijo muy sonriente enlazándola con la correa—. Mejor será que paseemos juntos, ¿no?

Kevin miró a Pablo que, de nuevo, había enrojecido como un tomate, y dejó que él tomara la decisión.

—Vale —musitó éste con voz inaudible.

Luego hizo las presentaciones torpemente. No tardó en darse cuenta de que Estefanía estaba desplegando todas sus armas ante Kevin y comprendió entonces por qué aquella tarde no le había ignorado como tantas otras.

Se hacía la interesante diciendo de cuando en cuando alguna palabra en inglés y repitiendo constantemente que, «como estaba estudiando Informática»...

—Y claro el inglés es que ¡es imprescindible! —decía—. Tú no darás clases de inglés, ¿verdad?

—Pues mira, es algo que nunca he hecho... —respondió Kevin parpadeando varias veces, como asombrado de descubrir una faceta nueva de sí mismo.

Pablo juró en solemne silencio que si Kevin le daba clases de inglés a Estefanía, sería él mismo quien se encargara de echarle de Dumbría.

—Claro que, yo estoy fuera, ¿sabes? —seguía parloteando Estefanía—. Y ni siquiera vengo todos los fines de semana. Quizá este verano, porque el próximo, a lo mejor, me voy a Irlanda.

—¿A Irlanda? ¡Ah! Eso está muy bien. Mejor que Londres para aprender un buen inglés —razonó Kevin.

—Pues a mí me gustaría mucho más ir a Londres. Irlanda creo que es aburridísimo.

—Inglaterra es una isla demasiado pequeña, con demasiada gente. Si crees que eso puede ser divertido... —dijo Kevin.

Pablo caminaba detrás sin encontrar el momento de meter baza, empezando a estar cansado de que le ignorasen. Llevaban caminando un buen rato monte arriba, por un camino que no llevaba a ningún lado. Pero claro, eso ellos no lo sabían. Kevin porque no conocía el lugar y Estefanía porque era obvio que, en aquellos momentos, ignoraba dónde estaba y hasta quién era.

—¡Eh! —gritó de pronto Pablo llamando su atención.

Ambos se volvieron sorprendidos.

—Vamos por aquí —dijo señalando un camino a la derecha.

—Oye, y tú, siendo inglés, ¿cómo has venido a parar aquí? —atacaba de nuevo Estefanía.

Kevin no respondió enseguida porque estaba más pendiente del perro, que, siguiendo su costumbre, había desaparecido. Hizo bocina con las manos y gritó:

—¡*Cernunos*!

—¿*Cernunos*? —repitió Estefanía con voz chillona—. ¿Qué nombre es ése?

—Es el dios celta de los bosques —explicó Pablo luciéndose.

—¡Ah! —dijo ella, indiferente y sin mirarle—. ¿Y de qué parte de Inglaterra eres? —preguntó centrándose de nuevo en Kevin.

—De una zona muy parecida a ésta, pero con mucha más gente —contestó el inglés, deteniéndose y mirando a su alrededor—. ¡Esto es precioso! Hay unos árboles muy viejos aquí, ¿no? —dijo dirigiéndose a Pablo.

—Robles centenarios, según dicen. También hay una cueva con pinturas, pero está un poco lejos —explicó Pablo.

—Sí, una vez estuve allí —terció Estefanía—. El camino es horrible.

Kevin pareció interesado, pero fue galante y no insistió.

—Vamos a la cascada —propuso Pablo.

—También es muy malo el camino —insistió Estefanía.

—No hay camino malo si el calzado es adecuado —sentenció Kevin con una sonrisa irónica.

Estefanía calzaba zapatillas deportivas, pero con una cuña similar a un peldaño de escalera.

Fuera por lo que acababa de decir Kevin, o porque el camino era realmente muy empinado y difícil, Estefanía se mantuvo callada.

Kevin empezó a lanzar exclamaciones de asombro cuando se encontró de pronto frente a la cascada.

El agua caía en vertical casi cincuenta metros, originando una nube pulverizada a su alrededor que le prestaba un aire irreal, entre la espesa vegetación.

—Nunca hubiera imaginado algo así en este lugar —decía maravillado.

Estefanía estaba sentada en un pedrusco un poco apartado y, desde allí, observaba las muestras de entusiasmo del inglés, con desmadejado interés.

Pablo se sentía satisfecho de ser él, esta vez, quien asombraba a Kevin, y le dolieron menos las miradas de rencor que le lanzaba Estefanía.

—Se está haciendo de noche. Tenemos que irnos —dijo ésta poniéndose en pie de súbito, como si de la cuña de sus zapatos hubiera saltado un muelle.

—¿Por qué? —preguntó Kevin sin moverse.

Estefanía volvió a sentarse, con un mohín de disgusto, y Pablo aprovechó la oportunidad para burlarse.

—Es peligroso quedarse aquí —dijo con voz misteriosa—. Al caer la noche éste es el punto de cita de las hadas y los duendes. Si nos pillan, nos convierten en sus esclavos.

—¿Esclavos? ¿Qué clase de esclavos? —preguntó Kevin divertido.

—¡Imagínatelo! —respondió Pablo cimbreando la cintura—. Dicen que las hadas son unas viciosillas y dejan a los hombres secos.

—¿Tú no crees en esas cosas mágicas? —preguntó Kevin inesperadamente serio.

—Yo, no. ¿Tú sí? —respondió Pablo inseguro.

En el fondo de la mirada del inglés había un brillo socarrón.

—Bueno, yo no descartaría que haya otras realidades, además de la que tienes delante. Otros niveles de existencia, ocupados por seres diferentes. Nosotros no los vemos, pero hay personas que sí lo hacen.

Pablo le miró dudando sobre la seriedad de sus palabras. Estefanía se removió inquieta.

—No lo creo. Eso son tonterías para críos —concluyó Pablo.

—No sigáis por ahí —dijo Estefanía desde lejos—. A mí esas cosas me dan mucho miedo. Y más en un sitio como éste, casi de noche.

—Yo creo en una realidad mágica —continuó Kevin con voz solemne—. En California conocí a un hombre con poderes extraordinarios. Se decía que era capaz de ver cosas que las personas normales no veían. Una vez, entré en su casa con un amigo. Yo sólo quería verlo, no iba a hablar con él. Nos asomamos al salón y allí estaba, en el centro de la habitación, sentado en el suelo. Yo me quedé paralizado, sin saber qué hacer. Me miraba fijamente, pero era como si sus ojos no me vieran. Yo tenía la sensación de que su mirada atravesaba mi cuerpo como si fuera cristal. Mi amigo tiraba de mí, pero yo creí que debía disculparme por la intrusión. Dije algo, no recuerdo qué. El hombre no se inmutó, como si tampoco me oyera. Pensé que si no me veía, ni me oía, lo mejor era largarse enseguida. Pero antes de que hiciera ningún movimiento el hombre me dijo: «Espera. Aún no tienes lo que has venido a buscar».

La atención de Pablo era máxima y Estefanía se había acercado y se mordía las uñas. Ambos aguardaban expectantes la continuación de la historia.

Tras un teatral silencio Kevin, repentinamente escueto, añadió con un ligero tono teatral:

—Leyó mi futuro.

—¿Tu futuro?

—¿Y qué te dijo? —le urgieron los otros, intrigados.

—Dijo que veía a mi lado a una rubia con dos niños; que conocería a un hombre viejo, que vivía solo en una gran casa, un palacio o algo así, con el que haría gran amistad y me convertiría en su heredero. Y de ese modo, yo sería rico. ¿Hay algún hombre así por aquí? —concluyó en tono jocoso.

—No, que yo sepa. ¡Ni tampoco la rubia! —exclamó Pablo sardónico, mirando la melena oscura de Estefanía.

—Podías haberle preguntado dónde encontrar las dos cosas, ¿no? —dijo ésta con resentimiento.

Kevin rió, pero Pablo tuvo la sensación de que no se tomaba el asunto totalmente a broma.

Estefanía apenas habló durante el camino de regreso, y se despidió de ellos en cuanto llegaron a la plaza. Era obvio que se sentía dolida; aunque no estaba claro si eran los pies, o lo de la rubia, lo que más daño le hacía.

—Cuando deje de preocuparse por parecer lo que no es, puede transformarse en una mujer estupenda —dijo Kevin mirándola mientras se alejaba.

—No creo que tampoco entonces se fije en mí. Es como si no me viera —dijo Pablo melancólico. Y añadió capcioso—: ¡A lo mejor tienes tú más posibilidades que yo!

—¿Yo? ¡Yo soy un viejo de casi treinta años para ella! ¡Y, además, un hombre casado! —dijo adoptando un aire cómicamente serio.

Pablo le miró escéptico y la sonrisa irónica de Kevin le convenció de que estaba bromeando.

OCHO

Aquella noche, cuando Pablo y Kevin entraron en el bar de Eliseo, se hizo un silencio. Pablo fue consciente de todas las miradas recayendo en ellos y de los cuchicheos de algunos.

Lino, en la mesa del rincón con los habituales de la partida, hizo algún comentario que provocó las risas de los demás. Pablo sintió tanto calor en las orejas que pensó que iban a comenzar a arder. En otra mesa estaba sentado Mundo, solo, mirándole con gesto preocupado.

Kevin no pareció darse cuenta de nada, o lo ignoró tranquilamente. Estefanía, que ayudaba a su padre detrás de la barra, se acercó a él en cuanto entraron y estaba contándole algo muy misteriosa.

Pablo volvió a mirar a Mundo, vio una llamada en sus ojillos de ave, y decidió acercarse.

—¡Hola, chico! —le saludó serio pero decidido, como si efectivamente le estuviera esperando.

—¿Qué haces aquí tan solo? —preguntó Pablo.

—Mal no me llevo con nadie, pero amigos no tengo ninguno —respondió Mundo sombrío.

Pablo pensó que aquélla era una buena definición para él mismo... hasta la llegada de Kevin a Dumbría. Pero eso no podía decírselo al viejo.

—Hoy no se puede confiar en cualquiera, no señor —siguió diciendo—. Si te dan algo, es porque piensan quitarte algo de más valor.

Pablo sabía muy bien a qué se refería.

Miró hacia la barra y vio que Kevin seguía la conversación con Estefanía y con otro más del pueblo que se había acercado a ellos. Pablo decidió ir al grano para acabar cuanto antes.

—Kevin no va a quitarme nada. Todo lo contrario, creo que puede darme mucho más de lo que yo puedo darle: puedo aprender de él. Él no va a aprender nada de mí.

—Pierdes el tiempo con el inglés —afirmó tozudo Mundo—. Tú eres lo que eres, y no vas a dejar de serlo por más fantasías que te metan en la cabeza.

—¡No me están metiendo ninguna fantasía en la cabeza! —se enfadó Pablo.

—Pues sigue con tu trabajo, con tus vacas, con tus fincas...

Pablo le miró con desaliento. A su recuerdo volvían las palabras de sus hermanas con insistencia machacona: «Tú eres ahora el hombre de la casa. Debes seguir adelante con la hacienda y llevar a cabo los planes de nuestro padre. Por encima de todo».

—Por encima de todo —repitió en voz alta.

—Sí —afirmó Mundo con rotundidad—, por encima de todo.

—Todos empeñados en que siga como el burro atado a la noria —murmuró pensativo mirando al otro extremo del bar donde Kevin hablaba muy animado.

Además de Estefanía se habían quedado a escuchar dos o tres de los que estaban en la partida con Lino y alguno más que estaba en la barra también se había acercado.

Pablo no oía lo que Kevin decía, pero, a juzgar por la atención que le prestaban los oyentes, debía de ser muy interesante.

Mundo vio que la atención de Pablo se había desviado hacia el inglés y se levantó con brusquedad manifestando su intención de irse:

—Bueno, es hora de que los viejos nos vayamos a la cama. Piensa en lo que te dije.

Se dirigió hacia la puerta por delante de Pablo y, al pasar ante Kevin, se volvió hacia Pablo y le susurró en voz baja:

—Como moscas en la telaraña.

Cuando Pablo se acercó al grupo, Kevin hablaba y los demás escuchaban, inmóviles.

—En Grecia hacía una cosa divertida: trabajaba de reclamo en los restaurantes y en las terrazas de los bares. No era yo sólo, éramos un grupo de chicos y chicas, sobre todo chicas, suecas impresionantes, modelos en espera de trabajo, que sacaban así el dinero necesario para vivir.

—¿Cómo? ¿Qué hacían? —preguntó uno, impaciente, con los ojos brillantes.

—¡Nada, hombre! Sólo sentarse —respondió Kevin, riéndose ante los ojos desorbitados del que había formulado la pregunta.

—Nos sentábamos en las mesas, o cerca de la puerta —prosiguió Kevin— para atraer a los clientes. Cuando pasaba un grupo de ingleses, charlábamos en inglés con ellos. Si eran suecos, ellas les hablaban en sueco; o en alemán si eran alemanes... En Grecia se hacen así las cosas. Hay muchos bares y restaurantes y los turistas prefieren quedarse donde ven gente guapa.

—¿Y os pagaban por eso? —se interesó otro, algo incrédulo.

—Claro. Si conseguíamos que se sentaran en la terraza en la que estábamos nosotros, nos daban un porcentaje de la consumición. Además, teníamos gratis la comida y la bebida que queríamos durante todo el día.

—¿Y dices que eran suecas...? —volvió a preguntar el primero.

—Sí, pero había de todo: suecas, alemanas, danesas...

Se hizo el silencio en la concurrencia, un silencio denso en el que casi era posible ver las imágenes que las palabras de Kevin habían generado en sus mentes.

Todos los ojos estaban fijos en el inglés, y Pablo pudo leer en ellos la admiración y la envidia. Lo mismo que él había sentido tantas veces escuchando sus historias.

Miró a Estefanía, abismada como los demás en sus ensoñaciones, pero en los ojos de la muchacha había un destello diferente a los demás. ¿Podría ser yo una de aquellas mujeres maravillosas capaces de seducir a los clientes?, parecían preguntar sus ojos.

Kevin exhibía una sonrisa de triunfo y satisfacción. Parecía disfrutar con el silencio y la expectación que habían despertado sus palabras. Todos aquellos aldeanos mirándole boquiabiertos...

Pablo pensó en las moscas y la araña que había dicho Mundo. Pero no podía ver a Kevin como un embaucador. Sólo veía que había comenzado a ganarse la simpatía de la gente y a romper el muro de hostilidad que se había levantado alrededor suyo. Y eso le ayudó a sentirse mejor.

El estufido de la cafetera, repetido varias veces, rompió el silencio encantado que había reinado por unos momentos.

Sólo entonces se dio cuenta todo el mundo de la hora que era, y cada uno se fue marchando a su casa. Los últimos en salir fueron Kevin y Pablo.

Estefanía les acompañó hasta la puerta, todavía con los ojos fascinados por el relato de Kevin. Y Pablo fue consciente de que, más que nunca, estaba en la zona oscura, invisible, para ella.

En la soledad de la plaza, el ruido del cierre metálico de la puerta del bar, a sus espaldas, quedó resonando en la noche. De los campos de alrededor llegaba el aire con un perfume suave de aligustre, de violetas silvestres y primaveras. Se oyó el canto de un cárabo en los tilos y luego sintieron un aleteo pesado sobre sus cabezas, perdiéndose en la oscuridad.

Pablo volvió a casa con la cabeza llena de dudas y el corazón empañado de amargura. La sombra de sus hermanas se extendía sobre él a través de las palabras de Mundo y alcanzaba a Kevin con sus recelos. Lino le mostraba su resentimiento y Estefanía le daba la espalda. Y ni siquiera tenía el consuelo de poder emborracharse porque el bar estaba cerrado.

Al entrar en la cocina recorrió con la mirada la amplia estancia, que le pareció más oscura y vacía que nunca. Sus ojos se detuvieron en el viejo y grasiento diccionario que reposaba en la esquina de la mesa, y añoró las noches de invierno de su niñez, cuando abrir aquellas páginas era iniciar la navegación por el mar de todos los sueños posibles. Aquella noche, hasta el libro transmitía soledad y abandono. La larga mesa de madera oscura, demasiado baja para leer («vas a criar joroba», le decían sus corrosivas hermanas cuando le veían pasar horas inclinado sobre los libros) resaltaba aún más aquella soledad.

Se acercó a la mesa y ocupó su sitio en el extremo del gastado banco, enlazando los pies en la pata, como había hecho siempre desde que sus pequeñas piernas alcanzaron a hacerlo. Acarició el libro con ternura, como haría con el lomo de un animal viejo, porque se dio cuenta de que había envejecido. Sus cantos se habían tornando oscuros por el polvo y la grasa; el forro de la cubierta se había roto y apergaminado; incluso las puntas de la tapa dura empezaban a doblarse. Al tratar de levantarlo casi se desencuaderna en sus manos. Por el borde interior, bajo el papel ya roto, asomaba la telilla blanca que une las cubiertas y el bloque de hojas. Pablo se asombró de que algo tan leve, apenas unos hilos cruzados, constituyera el auténtico armazón de la estructura del libro.

«Tendrá un nombre esta telilla, y estará aquí dentro», pensó, volviendo por un momento al viejo juego. Pero se sentía cansado; retiró la mano del diccionario, su mano que ya nada tenía que ver con la de niño que tantas veces había pasado aquellas páginas.

NUEVE

En el punto más alto del puerto, justo al lado del letrero que indicaba la altitud, Kevin detuvo la furgoneta. La carretera serpenteante había dejado al motor sin resuello.

—Hermosa vista —dijo asomándose por la ventanilla.

Pablo sacó la cabeza por la suya y el viento frío le golpeó el rostro. A ambos lados de la carretera, el monte pelado ofrecía evidentes signos de recientes incendios, con restos de árboles que emergían como mástiles negros.

—Era más bonita cuando el bosque no estaba quemado —dijo.

Bajaron del coche y soltaron a *Cernunos*.

Se sentaron sobre un saliente asomado al vacío, y contemplaron en silencio los distintos planos de montañas veladas por la bruma.

Pablo miró a Kevin absorto en el paisaje e intentó verlo con los ojos de él. Pero no podía. Él nunca había mirado «el paisaje»; ni conocía a nadie en Dumbría que lo hiciera. En el bar, durante las partidas, nadie hablaba del paisaje. Se hablaba de la lluvia o de la falta de ella; de la helada que endurecía la tierra o del viento que la secaba. Cuando coincidía en el trabajo de las fincas con algún vecino, no hablaban del paisaje, sino de las perspectivas de cosecha para aquel año.

Nadie hablaba, jamás, del paisaje.

—¡Caballos! —exclamó de pronto Kevin, rompiendo el silencio y señalando hacia un punto de la ladera que tenían enfrente.

—Sí, los veo.

Kevin dijo que quería acercarse a ellos, así que subieron de nuevo a la furgoneta y continuaron hasta encontrar una pista de tierra que salía a la derecha.

Tuvieron que dejar el vehículo y seguir a pie un trecho, con gran contento de *Cernunos,* hasta llegar al lugar donde estaban los caballos.

Era un pequeño grupo, diez o doce, con varios potrillos. Uno tras otro dejaron de comer para mirar a los extraños con ojos muy abiertos. Luego comenzaron a moverse hasta situar a los potrillos en el punto más distante de donde se encontraban Pablo y Kevin. Era una estrategia para protegerlos, explicó Kevin, que también dijo que había un jefe de la manada.

Súbitamente, los caballos iniciaron un pequeño trote y se desparramaron ladera abajo, como si hubieran recibido una repentina orden. Tres hombres, armados con escopetas, aparecieron detrás de Kevin y Pablo, como surgidos de la nada.

Dijeron que eran cazadores y que iban tras un jabalí que se les había escapado. Trataban de parecer amables, pero sus ojos denotaban desconfianza.

—¿Dónde podemos ver más caballos? —preguntó Kevin.

—Cualquiera sabe. Andan por ahí, por el monte —respondió el de más edad de los tres.

—¿Y tienen dueño estos caballos o son salvajes?

Los tres hombres se miraron entre sí, como diciéndose qué clase de pregunta era aquélla.

Pablo se alarmó por la posible interpretación que pudieran hacer del interés de Kevin y se apresuró a aclarar:

—Es inglés. Estudia los caballos salvajes. Sólo quiere información.

Los cazadores miraron a Kevin con curiosidad, relajaron su expresión y dijeron que fueran a hablar con el Rajao.

—Él sabe todo lo que hay que saber de estos caballos —dijo el mismo que había hablado antes.

Les indicaron cómo llegar hasta él, pero Pablo ya sabía quién era y el modo de encontrarle.

Kevin se partía de risa, poco después, a costa de la explicación dada por Pablo.

—¿Por qué estás empeñado en que quiero estudiar los caballos salvajes? ¡Yo lo que quiero es comprarlos, hombre!

Pablo le miró desconcertado, pero no le tomó en serio.

—¡Sí, y atarlos en la plaza junto a la furgoneta! —bromeó.

—No. Meterlos en un picadero.

—No hay ningún picadero en Dumbría.

—Por eso estoy pensando en instalar yo uno.

Pablo le miró entonces con la misma cara de asombro que si le hubiera dicho que iba a montar una estación espacial.

—¡Sí, hombre! ¡En Dumbría! —afirmó incrédulo.

—¿Y por qué no?

—Porque ¿quién va a montar a caballo en Dumbría?

—Quien quiera. Además de los turistas —respondió el inglés con aplomo.

—¿Qué turistas? Cuatro gatos en agosto y se acabó. Esto no es la Costa del Sol.

—Eso es porque Dumbría no tiene nada que ofrecerles. Es un lugar dormido. Hermoso, pero dormido. Como el cuento de la princesa dormida.

Pablo le miró de nuevo queriendo convencerse de que hablaba en serio. Pero seguía resultándole increíble.

—Ya, y tú eres el príncipe que va a despertarla —dijo, inclinándose por seguir con el mismo tono de broma.

—¿Por qué no?

—Por ahí —Pablo señaló un ramal de tierra a la izquierda. Y añadió con vehemencia—: Pero ¿cómo piensas montar un picadero? ¿Tienes idea del dinero que cuesta eso?

Kevin le miró con la sonrisita irónica de superioridad que a Pablo le sacaba de quicio cuando le hacía sentirse como un niño, o como un estúpido.

—Tengo dinero. No te preocupes, sé lo que hago —afirmó Kevin con seriedad.

No podía haber dicho nada mejor para que todas las dudas y recelos que Pablo intentaba apartar de su mente se manifestaran con palmaria nitidez. Las dudas que expresaba Mundo, los recelos de toda Dumbría se apoderaron de su ánimo en aquel momento con la contundencia de un mazazo que le redujo al silencio.

La pista les llevó hasta un pequeño núcleo desordenado de casas de piedra y Kevin aminoró la marcha.

—¿Es aquí? —preguntó.

—Sí —asintió Pablo, ausente.

Las callejas del pueblo no tenían anchura suficiente para permitir el paso del vehículo.

—¿Crees que hay alguien viviendo aquí? —preguntó Kevin mirando a su alrededor.

La pregunta no era vana, ante el aspecto de abandono. La mayor parte de las casas estaban medio derruidas y la maleza se enredaba en los restos de muros y balcones. El monte estaba engullendo al pueblo sin que nadie lo detuviera.

—¡Sí, aunque no lo parezca! —respondió Pablo interpretando el pensamiento de Kevin.

Avanzaron por la callejuela central, un camino irregular de tierra que ascendía, flanqueado por dos regueros de agua turbia y maloliente.

En la parte alta empezaron a ver algunas antenas de televisión sobre edificaciones tan ruinosas como las de la entrada del pueblo.

—Vine una vez aquí con mi padre, cuando era muy pequeño —dijo Pablo, recordando.

Casi todas las puertas tenían dibujos tallados, que despertaron el interés de Kevin. Se detenía cada dos pasos y exclamaba con asombro:

—¡Los mismos adornos que se encuentran en Irlanda o en Escocia! ¡Exactamente los mismos!

—Pues aquí los hay por todas partes —afirmó Pablo distraído.

Caminaba por delante, mirando las fachadas de las casas como si esperara ver algo que le ayudara a identificar lo que buscaba. Pero no por eso dejaba de pensar en lo que había dicho Kevin del picadero.

Por un instante fue capaz de remontar la espesa bruma de sus dudas y ver en la luz del horizonte una palabra que, hasta ese momento, estaba desterrada de su vocabulario: futuro.

Pablo se detuvo ante un portalón desvencijado y alzó la vista hacia el dintel. Allí estaba lo que buscaba.

Hacía mucho tiempo desde la primera vez, pero nunca había olvidado aquellos ojos. En un rosetón de piedra había un reloj de sol. Una cara monstruosa nimbada de rayos, con ojos iracundos y boca de gesto cruel, ocupaba casi toda la superficie. En la parte inferior, una frase de enigmático significado para un niño:

«Cada día muero».

—¡Hum! —murmuró Kevin alejándose un poco para ver mejor—. Cada día... ¿muerto? —leyó y se quedó pensando, con expresión interrogante.

—«Cada día muero» —corrigió Pablo.

Después de un momento, pensó en voz alta:

—¡Las veces que soñé con esta cara y con esta frase cuando era niño!

Y, después, siguió hablando para Kevin:

—Y todavía no sé qué demonios quiere decir.

Traspasado el umbral, accedieron a un patio formado por la casa principal y pequeñas dependencias, unidas unas a otras formando una especie de círculo. Era una estructura muy habitual en la zona. Las casas se cerraban sobre sí mismas, como si se enroscaran, para conservar el calor, al modo de un animal hibernando.

Un mastín atado no lejos de la puerta comenzó a ladrar perezosamente.

En el otro extremo, un hombre casi anciano, sentado sobre un tronco, se giró con dificultad para ver quién llegaba. Apenas echó una ojeada a los recién llegados y siguió con lo que estaba haciendo. Parecía flotar a la deriva sobre un mar erizado de trozos de corteza de todos los tamaños.

—¡Hola! —dijo Pablo acercándose a él.

Kevin le seguía, mirando todo a su alrededor con mucho interés.

—¡Hola! —respondió el hombre, indiferente, alargando la última *a* mientras seguía trabajando la madera.

—¿De turismo? —añadió como queriendo dejar claro que, aunque estuviera concentrado en su trabajo, no le pasaba desapercibido el aspecto de extranjero de Kevin.

—Bueno, en parte sí —dijo Pablo deseando resultar simpático—. Aquí mi amigo es inglés.

—Ya me parecía a mí —respondió el hombre sin cejar en su labor.

El aire estaba impregnado de un olor a madera fresca, ligeramente balsámico. Pablo y Kevin contemplaron en silencio los hábiles movimientos de la cuchilla de doble mango deslizándose arriba y abajo.

—¿Para qué es ese tronco? —preguntó Kevin cuando ya no pudo contener la curiosidad.

El Rajao le miró.

—¡Ah!, pero habla español... —dijo con una mezcla de sorpresa y decepción.

Al levantar la cabeza mostró su rostro del todo por primera vez, dejando ver la hendidura que lo recorría desde la oreja derecha hasta la boca. No era propiamente una cicatriz, sino más bien una deformación que le confería un aire terrible.

—Sí, un poco —respondió Kevin, tratando de que su voz no reflejara el efecto que le había causado la visión.

El hombre volvió a aplicar la cuchilla al tronco, con un vigor impropio de su edad; repasaba la madera con precisión milimétrica y sólo respondió a la pregunta que había formulado Kevin al cabo de un buen rato:

—Es una viga. Para el pajar. La que había se ha roto y el tejado se viene abajo como lo deje pasar otro invierno.

—¿Y qué árbol es? —siguió preguntando Kevin.

—Eucalipto, ¿qué va a ser? Ya no queda ningún árbol de esta envergadura que no sea eucalipto.

Cada vez trabajaba con mayor entusiasmo y concentración, casi con frenesí, como si estuviera empeñado en llevar a cabo una demostración de habilidad ante el inesperado público.

—¿Y qué os trae por aquí? —preguntó al fin.

—Pues... veníamos a ver caballos —dijo dubitativo Pablo—. Supongo que sigue dedicándose al negocio, ¿no?

El Rajao le lanzó una mirada recelosa.

—El negocio hace tiempo que se acabó... pero caballos hay, si es eso lo que queréis ver. En el monte.

Kevin hizo un gesto de decepción. Pablo lo advirtió y le indicó con la mano que tuviera calma.

—Yo soy de los Nizardos de Dumbría —explicó Pablo.

—¡Ah! —dijo el Rajao alzando la cabeza y mirándole, por primera vez, con interés.

Durante unos segundos pareció revivir una vieja escena.

—¡Creciste desde la última vez que viniste por aquí!

—Sí —rió Pablo.

La actitud del hombre cambió a partir de ese momento.

Les invitó a entrar en la casa y dijo que iba a preparar café.

Cuando ofrecía el lado bueno de su rostro resultaba una persona agradable e incluso afable, si se olvidaba su lado fiero.

Acumuló papeles, piñas y astillas en el vientre de una cocina económica, a todas luces vieja, por más que brillaran los dorados. No consiguió hacer fuego, pero sí humo, que salía a borbotones por lugares que nunca hubiera imaginado el fabricante.

En menos de un minuto, el ambiente de la estancia se había hecho irrespirable.

—Es que no tira muy bien —explicó el hombre innecesariamente.

Al cabo de un momento, Pablo y Kevin tuvieron que salir para no morir asfixiados.

—Así que queréis ver caballos —voceó el Rajao mientras proseguía su lucha en la cocina.

—Sí —respondió Pablo también a voces.

Una especie de explosión seguida de una llamarada les hizo entrar de nuevo.

—Esto nunca falla —dijo muy satisfecho el hombre, al tiempo que dejaba en el suelo una lata de las de aceite de automóvil.

—¿Y para qué?, si no es mala pregunta —continuó interesándose.

—Caballos para montar, ¡hombre! Para un picadero —se adelantó a responder Kevin

—Para... un picadero, ¿dónde? —repitió volviéndose hacia el inglés con lentitud.

Su ojo derecho, afectado por la hendidura, era más pequeño y achinado que el izquierdo, lo que añadía un punto intranquilizador a su mirada.

Kevin la sostuvo adoptando un gesto arrogante, mientras se apoyaba en el borde de la puerta.

—En Dumbría —dijo.

—En Dumbría —repitió el Rajao—. Pues llegáis tarde. Los que tenía se los vendí al de la granja-escuela de Vega. Parece que va a poner picadero también allí. Debe de ser la moda.

Pablo y Kevin se miraron con asombro. Era la primera noticia que recibían de que en Vega hubiera un picadero. Para Pablo era la segunda sorpresa de la tarde, y no venía a aliviar la desazón causada por la primera, sino todo lo contrario.

DIEZ

Pablo se mostró vencido de antemano. Cuando aún no había conseguido asimilar la idea del proyecto de picadero de Kevin, ya surgía la competencia. Eran demasiadas cosas para un solo día, en una vida como la de Pablo, en la que no había sucedido nada relevante desde que tenía memoria.

—¡Nos han fastidiado! Si hay un picadero en la Vega, más cerca de Villa, la gente irá allí —dijo con tono derrotista.

Pero Kevin no compartía su pesimismo.

—No, si el de Dumbría es mejor. Y lo será. ¡Yo tendré caballos pura sangre ingleses!

Pablo repitió mentalmente «caballos pura sangre ingleses» varias veces. Ni siquiera sabía con certeza lo que eran, pero le sonaba a algo exótico y costoso. Una vez le dijeron que un veterinario de Villa había tenido un caballo pura sangre inglés, pero él nunca había llegado a verlo.

—¿Y de dónde los vas a sacar? —preguntó desorientado.

—Del hipódromo de la Zarzuela, hombre. Allí hay todos los que quieras.

—Pero... —musitó Pablo más desorientado aún.

—No puedo hacer otra cosa. No hay caballos de aquí porque los han vendido y, además, no estoy seguro de que fueran buenos para montar. ¡Los pura sangre son mejores!

A partir de ahí, la cabeza de Pablo se convirtió en un torbellino de ideas confusas que giraban como un tiovivo. Intentó pararlo para pensar en ellas una por una, pero no lo consiguió. Tuvo un movimiento reflejo de aferrarse a la puerta de la furgoneta como si temiera salir despedido por la fuerza centrífuga en una de las curvas.

—¿Voy demasiado deprisa? ¿Te mareas? —preguntó Kevin levantando el pie del acelerador, al ver el gesto de Pablo.

—Sí... un poco —dijo con un hilo de voz.

Por supuesto no se refería a su estado físico, ni a la velocidad del vehículo. Lo que le producía vértigo era la velocidad de Kevin. Se preguntaba desde cuándo albergaba aquellos planes. ¿Ya los había concebido cuando llegó a Dumbría o iba decidiendo sobre la marcha? ¿Sabía en realidad lo que iba a hacer o todo formaba parte de una especie de locura que había comenzado a padecer de repente?

—En Málaga —empezó a decir Kevin— conocí a un tipo que tenía caballos en la Zarzuela. Él me dijo que es muy fácil conseguir a buen precio los que ya no sirven para las carreras. Tengo su teléfono y ya he hablado con él.

Y siguió hablando y contando cómo había ganado mucho dinero, una pequeña fortuna —precisó— en algo llamado venta de multipropiedad, una empresa de un inglés en la Costa del Sol.

Pablo le oía y todo le parecía irreal. Ignoraba el significado de «multipropiedad», palabra que también escuchaba por primera vez en su vida, y en el colmo de la confusión echó de menos no tener a mano el diccionario, pensando que quizá podría aclararle aquellas dudas semánticas.

—Yo recibía una comisión por cada cliente que llevaba a la oficina —seguía diciendo Kevin.

Pablo fue capaz de hacer una pregunta:

—¿Y de dónde sacabas a los clientes?

—¡De la calle, hombre! En Málaga hay muchos ingleses, alemanes, suecos... entusiasmados con el sol.

Durante toda una curva, el inglés pareció disfrutar del recuerdo de todos aquellos extranjeros, dispuestos a ser sus clientes. Cuando logró enderezar el duro volante, continuó:

—Es muy fácil venderles un apartamento o un chalé para sus vacaciones.

Pero había algo que a Pablo no le cuadraba.

—Y si ganabas tanto dinero, ¿por qué lo dejaste? —preguntó de nuevo.

—Porque necesitaba hacer otras cosas. ¡Poner un picadero en Dumbría, por ejemplo! —concluyó risueño.

Pablo le miró con desconfianza por primera vez. Tenía, al menos, dos razones para ello. La primera, que el dinero era algo que se ganaba con esfuerzo y sudor, y si no, no podía ser honrado. Se lo había oído decir a su padre muchas veces. Y era lo que veía a su alrededor. ¿Cómo se podía ganar una fortuna llevando gente a una oficina para que le vendieran un chalé?

La segunda razón era más bien un misterio: ¿cómo se podía abandonar una mina de oro para enterrarse en un pozo vacío como Dumbría, un lugar que ni siquiera aparecía en los mapas?

La inquietud que le atenazaba el pecho se escapó por medio de un profundo suspiro que a Kevin le hizo volver la cabeza.

No dijo nada; miró a Pablo y luego volvió a mirar la carretera. Mantenía una leve sonrisa, indicativa de lo claro que parecía tenerlo todo, de lo satisfecho que parecía sentirse consigo mismo. Una sonrisa que transmitía una infinita confianza en la vida.

En cambio, Pablo experimentaba lo mismo que la primera vez que había entrado en aquella Volkswagen: la sensación de carecer de algo fundamental, de que a él le habían dado la vida sin mapas. Ésa y no otra debía ser la razón de que a él le resultara difícil lo que para otros era tan sencillo.

Fue en ese momento cuando decidió aferrarse a Kevin como un ciego a su lazarillo.

Él sería quien le sacara del túnel. No se quedaría más en la estación viendo pasar los rostros de los demás tras el cristal de las ventanillas.

Estoy listo,
listo para lo siguiente,
listo para esquivar,
listo para tirarme de cabeza,
listo para decir:
«Me alegro de estar vivo»;
estoy listo,
listo para el empujón.

Kevin había puesto la cinta de U2, quizá para romper el silencio, o quizá para que las palabras de Bono le sirvieran de guía a Pablo —su única cartografía— como otras veces.

Aquella tarde, Pablo decidió enterrar sus dudas y en la misma caja metió las de Mundo y las que pudiera albergar cualquier otro en Dumbría, y les hizo un funeral a ritmo de rock:

No es ningún secreto que del cielo están cayendo estrellas.
No es ningún secreto que la conciencia es a veces una carga.
No es ningún secreto que un amigo es alguien que se deja ayudar.
No es ningún secreto que un mentiroso no creerá a los demás...

El atardecer teñía de azul los montes lejanos y de rosa, los restos de los neveros en las altas cumbres. Pablo pensó que parecía la piel moteada de un animal prehistórico que reposara el sueño de los siglos.

Descubrió así que estaba viendo el paisaje. Y eso también se lo debía a Kevin, como el nombre de las estrellas.

Miró hacia él con silencioso agradecimiento y sonrió.

Luego dijo:

—Lo primero que debemos hacer es una visita a la granja-escuela.

—¿Para qué? —preguntó Kevin.

—Para ver las armas del enemigo —respondió en tono belicoso.

Kevin asintió, con media sonrisa y ojos ausentes, clavados en la carretera. Pero, como casi siempre, rectificó:

—Lo primero es buscar una finca para el picadero y comprar los caballos. No importa lo que tengan los demás.

ONCE

El sábado siguiente hicieron la visita a la granja-escuela. No les fue difícil identificarla desde lejos. Divisaron los corrales donde estaban los caballos, así como algunos detalles que diferenciaban aquella casa de las demás. Estaba apartada del núcleo del pueblo y además tenía las ventanas nuevas recién pintadas de un verde brillante.

La cerca que rodeaba la finca también era nueva.

—Allí debe de ser —dijo Pablo.

Kevin asintió, grave y silencioso.

Estefanía, que ya disfrutaba de las vacaciones de Semana Santa, se había sumado a la excursión con entusiasmo. Iba delante con Kevin, mientras Pablo, detrás, compartía el catre con *Cernunos*.

—Sí, es ésa porque me dijeron que tenía parabólica. ¿La ves? —dijo abalanzándose sobre Kevin.

—Sí, es ahí. Hay niños —dijo Kevin cuando ya se habían acercado bastante.

En efecto, un grupo de niños de ocho o diez años correteaban persiguiéndose por la superficie de piedra que se extendía ante la casa.

Al entrar la furgoneta en la explanada cesaron sus gritos, se detuvieron expectantes, como una imagen congelada, a la espera de lo que les depararía la llegada del vehículo.

—¡Vaya cafetera! —exclamó uno de ellos.

—¡Tiene cortinas, como una casita! —gritaba otro.

Los niños rodearon el vehículo con interés, no sólo en la Volkswagen, sino también en sus ocupantes; sobre todo en *Cernunos*.

—¿Qué clase de perro es ése? ¿Puedes soltarlo? ¿Muerde? —preguntaban.

Kevin a todo respondió que no y dejó encerrado al perro, con gran descontento de los niños, que veían esfumarse la posibilidad de una distracción nueva.

—¿Queréis ver a Onésimo? —preguntó el que parecía ser el mayor del grupo.

—¿Quién es Onésimo, hombre? —inquirió Kevin, con su habitual capacidad para convertir cada pregunta en un desplante.

—Onésimo es el jefe —aseveró uno de los más pequeños, alzando la barbilla.

En ese momento, de una puerta lateral del edificio, surgió un hombre que avanzó hacia ellos con juvenil decisión. Vestía pantalón corto caqui, camisa del mismo color, y llevaba un pañuelo amarillo al cuello. La barba, espesa y larga, moteada por mechones blancos, le prestaba un aire entre rabínico y legionario.

—¡Bienvenidos a la granja-escuela Los Gladiolos! —exclamó de lejos con entusiasmo.

En dos o tres zancadas más se plantó frente a ellos, con una sonrisa ancha por encima de su barba.

—¿Qué os trae por aquí? —preguntó mientras ofrecía su mano a Kevin. Sin esperar la respuesta, añadió solemne—: Onésimo Guardia, a vuestro servicio.

Los recién llegados se miraron un poco desconcertados ante el pomposo recibimiento.

Pablo y Estefanía dejaron a Kevin la iniciativa.

—Me llamo... —empezó a decir éste, pero Onésimo no le dejó acabar.

—¿Alemán? —preguntó con un brillo ilusionado en los ojos.

—¡Yo soy inglés, hombre! —respondió, alargando la mano—. Me llamo Kevin.

—¡Ah!..., inglés —murmuró entre dientes Onésimo, con visible decepción.

Estrechó la mano de Kevin con repentina desgana, y fijó su atención en Estefanía.

—Y esta hermosa joven... —dijo masticando las palabras con delectación.

—Estefanía y Pablo —indicó Kevin, señalando a ambos.

—Encantado..., Estefanía.

Onésimo estrechó la mano de Estefanía y la mantuvo entre las suyas un buen rato, olvidándose por completo de Pablo.

—Nos habían hablado de esto y queríamos verlo —dijo Kevin señalando el entorno—. Has hecho un buen trabajo aquí...

—Estamos empezando. Sólo lo imprescindible —respondió Onésimo hinchando el pecho.

Luego se volvió hacia los niños, que contemplaban la escena en silencio:

—¡A ver, vosotros! ¡Aaatención!

Los niños clavaron los pies en el suelo e intentaron adoptar un gesto marcial para escuchar a Onésimo.

—Dos a limpiar las cuadras, dos a barrer el patio, dos a lavar mi coche, dos al comedor...

Parecía embalado, hasta que se dio cuenta de que se acababa la tropa.

Los muchachos salieron disparados cada uno en una dirección como los fragmentos de una bomba que acabara de explotar.

—¡Qué disciplina! —comentó Kevin con sorna.

Onésimo le lanzó un mirada inquisitiva, inseguro de la intencionalidad del inglés.

—La disciplina es la base de la sociedad, aunque sea tan pequeña como esta nuestra —dijo al fin con evidente convicción. Y prosiguió—: Los jóvenes son como los caballos, sin freno y riendas, resultan ingobernables.

Kevin sonrió irónico al replicar:

—En mi opinión, con los caballos es lo contrario. Y quizá también con los niños.

Onésimo denegó con la cabeza mostrando su total desacuerdo.

—Disciplina —dijo, y recalcó—: Mano de hierro con guante de seda. Ése es mi lema. Tienen que estar preparados para los tiempos que se avecinan, o serán barridos por las hordas del sur.

Pareció que Kevin iba a decir algo pero no le dio tiempo a abrir la boca porque, inmediatamente, Onésimo preguntó:

—Queríais ver esto, ¿no es así? Pues seguidme —dijo dando media vuelta y encabezando la marcha hacia un pasadizo lateral que desembocó en una sala cuadrada.

Había varios pupitres alineados, pero sólo cuatro estaban ocupados por otros tantos niños, que fingieron enfrascarse en la lectura en cuanto vieron a Onésimo.

—La sala de estudio —anunció solemne.

Luego, al salir, murmuró hacia los visitantes:

—El pelotón de los torpes. Todos coleccionistas de suspensos.

Estefanía se tapó la boca para ocultar su risa.

—El mobiliario está hecho con nuestras manos —explicó Onésimo con satisfacción al entrar en otra sala donde había varias mesas.

Era evidente que no habían salido de las manos de expertos ebanistas. Más que rústicos, los muebles eran toscos mazacotes de madera sin pulir, de dudosa verticalidad.

—Aquí nuestro departamento de informática —dijo señalando dos ordenadores prehistóricos que había al fondo.

—¡Ah!, también tenéis informática —se apresuró a decir Estefanía, encantada de encontrar un tema del que hablar y con el que ocultar su hilaridad.

—Hay que combinar la vida natural con los avances de la técnica, señorita —explicó solícito Onésimo.

Estefanía trató de enzarzarse en una conversación sobre sistemas, memorias, discos duros... Pero Onésimo parecía estar más interesado en su anatomía que en sus conocimientos. No obstante, no desaprovechó la oportunidad de decir, mientras la tomaba del brazo:

—Veo que, además de hermosa, eres una joven preparada. Quizá podamos llegar a un acuerdo. Necesito una profesora de informática ¡ya!, para poner al día a estos cabestros.

Pablo y Kevin intercambiaron miradas de entendimiento.

—¡Es un seboso! —le susurró Pablo a Kevin en un aparte.

El comedor era la sala más espaciosa; en ella había dos mesas largas con bancos corridos y otra mas pequeña, con sillas, que ocupaba la presidencia, todo del mismo estilo «rústico» que el resto de la casa. Dos ventanucos casi a ras del techo eran la única luz natural que entraba allí, por lo que la habitación resultaba lóbrega y poco ventilada.

Una puerta chirrió en el lado opuesto al que se encontraban, lo que les hizo volver la cabeza. En la semipenumbra apareció una figura que, en la distancia y la poca luz, resultaba ambigua.

A medida que se acercó, parsimoniosa, limpiándose las manos en un delantal grasiento, fue quedando claro que se trataba de una muchacha muy joven. Vestía un pantalón y una camiseta negros bajo el sucio delantal y llevaba botas militares también negras. Tenía el pelo corto en la parte superior de la cabeza, y mechones largos en la nuca, algunos trenzados con cuentas de colores, al estilo africano. Dirigió una mirada a todos y Pablo se fijó en sus ojos, que le parecieron de una dulzura extraña, en disonancia con su aspecto agresivo.

La joven le habló a Onésimo como si estuviera solo en la habitación.

—No hay tomate —anunció con voz firme pero suave—. ¿Qué hago?

Onésimo la miró con estupor y, al fin, dijo:

—Ésta es Berta, nuestra jefa de cocina.

Parecía como si jefa de cocina fuera un empleo militar.

—Hola —dijo la joven, con un saludo hacia los recién llegados, sin dejar de restregarse las manos en el mandil, y sin un solo rastro de la forzada marcialidad de su jefe.

Pablo buscó su mirada de nuevo, pero ella sólo prestaba atención a Onésimo. Esperaba la respuesta acerca de la falta de tomates sin mover un músculo de la cara, pero tampoco parecía tensa. Sólo resignada.

—Hace falta para la comida... —añadió en vista del silencio de Onésimo.

—¿Se puede sustituir por otra cosa? —preguntó éste, viendo que no podía esquivar la situación.

—Para hacer una ensalada de tomate hace falta tomate. No se puede sustituir por nada.

No había acritud en su respuesta. Sólo firmeza y una gota de desdén; como si lo que estaba pasando fuera algo cotidiano de lo que ya estuviera harta.

Pablo buscó inútilmente sus ojos, ocultos tras una espesa cortina de pestañas oscuras que parecían obligar a los párpados a permanecer semicerrados.

—Yo iré a casa de Tomás a por unos cuantos tomates, no hay problema —accedió Onésimo.

No obstante, parecía contrariado por la interrupción y dio por concluida la visita.

La joven se fue por donde había venido, con la misma parsimonia, sin decir nada más.

—Me sentiría muy honrado de que os quedarais a comer en esta humilde casa —dijo Onésimo, todo ceremonioso, dirigiéndose sobre todo a Estefanía.

Ésta sonrió tontamente y miró a sus dos compañeros a la espera de lo que ellos decidieran.

—Yo os dejo un momento, seguid vosotros la visita si queréis —sugirió Onésimo cuando hubieron aceptado la invitación.

Y añadió mirando a Estefanía:

—¿No prefieres acompañarme? Quizá te apetezca ver el pueblo y, además, podemos seguir hablando de informática. ¿Qué te parece?

Estefanía aceptó con un gesto de las manos hacia Pablo y Kevin, como diciendo: «No lo puedo evitar».

Kevin respiró aliviado en cuanto se marcharon.

—¡Qué tipo! —dijo con desagrado.

Ambos se manifestaron arrepentidos de haber aceptado la invitación a comer, pero les había cogido tan de sorpresa que no supieron negarse.

Decidieron ir a ver los caballos, que, al fin y al cabo, era lo que les había llevado allí.

DOCE

Los caballos estaban detrás de la casa, en un cercado hecho con tablas. Tres de ellos atados bajo un somero refugio de madera y planchas de uralita y otros tres sueltos por la finca. Éstos se acercaron a Pablo y Kevin enseguida, asomando sus cabezas con interés, por encima del vallado.

Pablo observó cómo Kevin les acariciaba el morro mientras les decía cosas amables y los caballos le olían las mangas y las manos. Hizo algunas consideraciones sobre sus patas recias y cortas y el pelaje desigual.

—No son buenos caballos —concluyó, negando con la cabeza.

—¡Qué va! Son pencos como los que vimos en el monte —dijo Pablo con desprecio, como si fuera un entendido.

Imitando a Kevin, alargó la mano para acariciar el morro de uno bayo con manchas blancas, pero la retiró dando un alarido.

—¡Me ha mordido! —clamaba, sacudiendo la mano.

Un grupo de niños se habían acercado y se reían del percance, tanto como Kevin.

—No se puede ir con la mano de frente, porque les asusta —explicó.

—Ése muerde siempre —dijo uno de los niños con evidente rencor.

—Y aquéllos que están atados —añadió otro— ¡dan unas patadas! No puedes ni ponerles de comer...

Kevin acarició la cabeza del caballo que había mordido a Pablo, acercándose a él de perfil y ofreciéndole su hombro.

El animal aceptó su caricia, pero echaba las orejas para atrás con desconfianza.

—No tendrán muchos amigos por aquí —dijo Kevin—. Por eso son agresivos.

—No, es que son malos —replicó contundente otro de los niños, haciendo énfasis en el «son».

—Los caballos no «son» malos —replicó Kevin—, tienen miedo de las personas.

El sonido de un claxon en la explanada anunció el regreso de Onésimo y Estefanía. Los niños desaparecieron como por ensalmo, seguramente para volver a las tareas asignadas.

Pablo y Kevin vieron venir a Onésimo hacia ellos como si trajera una misión que cumplir.

Llevaba una pipa en la boca, aunque no parecía que estuviera encendida, y anunció eufórico:

—¡Inglés, voy a hacerte una oferta que no podrás rechazar!

—¿Sí? —preguntó Kevin sorprendido. Y añadió escéptico—: Bueno, hombre, te escucho.

—Hablaremos durante la comida, ahora me debo a mis obligaciones. Es la hora del baño. Nos podéis acompañar al río, si queréis.

—Debe de estar fría el agua en esta época, ¿no? —dijo Kevin estremeciéndose y sin mostrar el menor entusiasmo por el río.

—¡Hay que endurecer el cuerpo y el espíritu de los jóvenes! —clamó Onésimo—. *¡Mens sana in corpore sano!*, como dijo... —dudó un instante— el poeta.

Se dirigían hacia la explanada cuando una voz aguardentosa y estridente hizo añicos la tranquilidad del valle.

Pablo y Kevin se detuvieron y buscaron con la mirada la procedencia del sonido. En el balcón de la fachada principal de la casa, un hombre con vestimenta muy parecida a la de Onésimo, valiéndose de un rudimentario megáfono, enumeraba una serie de normas que parecían más propias de un bombardeo inminente que de una excursión al río.

Kevin hizo un gesto despreciativo con la mano y luego se tapó los oídos y la nariz; Pablo se rió. Onésimo frunció la boca y les fulminó con la mirada.

Como por ensalmo fueron apareciendo niños que se congregaban en la explanada y formaban una zigzagueante fila. Cada uno llevaba una toalla; en la mano unos y colgada del hombro otros.

—¡Venga, venga, venga! ¡Hora del baño! —les urgió Onésimo—. ¡Esas toallas las quiero ordenadas y enrolladas bajo el brazo! ¿O queréis parecer mariquitas de playa?

—¡No, señor! —respondieron algunos al unísono con tono de marines norteamericanos, aprendido en el cine.

La respuesta no estaba exenta de guasa, pero Onésimo no pareció tomarlo en cuenta.

—¡Bien! ¡En marcha y sin salirse de la fila! —ordenó Onésimo.

El del megáfono se había aproximado al grupo con cautela, como quien intenta sorprender a un tigre por la espalda. Llevaba el artefacto sonoro en una mano y la otra descansaba sobre la empuñadura de un cuchillo de buen tamaño que le colgaba, enfundado, del cinto. Parecía un gurka dispuesto para el ataque.

—Éste es mi ayudante, mano derecha y hombre de confianza, Severino Almeida —dijo Onésimo al reparar en su presencia—. Almeida, aquí unos amigos —dijo, en general, apresurándose, sin perder de vista la fila de los niños que estaba a punto de desaparecer en un recodo del camino.

Almeida entrechocó levemente los talones y se notó que tuvo que esforzarse para reprimir un saludo militar. Luego estrechó las manos de los visitantes, poniendo especial esmero en Estefanía, para regocijo de Kevin y Pablo. Almeida, que captó la mirada cómplice entre ambos, se vengó en Pablo. Le estrujó la mano —en la que aún tenía marcados los dientes del caballo— con saña, hasta hacerle contraer el rostro de dolor.

—Si queréis, podéis acompañarnos —insistía desde lejos Onésimo.

Pablo y Kevin optaron por quedarse, mientras que Estefanía se decidió por el río; en opinión de Pablo porque se derretía con los halagos y constantes atenciones de Onésimo.

—¡Sois unos sosos! —les gritó aquélla mientras se alejaba trotando, seguida de Almeida.

Kevin volvió a reírse mirando el grupo, con una mezcla de pasmo e incredulidad ante lo que estaba viendo.

—¡Vaya par de tipos! Creía que ya no quedaba gente así. *My god!* —exclamó en inglés cuando agotó las palabras en español para expresar su asombro.

Pablo estaba tan sorprendido como él, pero se mostraba más pendiente de la puerta de la cocina que de ninguna otra cosa. La imagen de Berta, y sobre todo su mirada, permanecía en su retina, como un contraste profundo y lleno de misterio en aquel ambiente cutre y cuartelero. Hasta él mismo, que jamás había visto una granja-escuela, encontraba aquélla chocante; y a Onésimo y su ayudante, ridículos. Berta, sin embargo, era muy diferente.

Onésimo parecía saber más de los planes de Kevin que el propio Kevin y, por descontado, que Pablo, de modo que éste quedó excluido, desde el primer momento, del duelo verbal que se entabló durante la comida. Pablo observaba con preocupación cómo todos los argumentos de Onésimo se encaminaban al mismo objetivo: disuadir a Kevin de la idea del picadero.

—Un picadero en Dumbría es una locura. Nunca, y subrayo «nunca», va a ser negocio —concluyó Onésimo con énfasis.

—Eso no se sabe hasta que se ponga en marcha —se atrevió a intervenir Pablo con voz temblorosa, aprovechando un silencio de Kevin.

—Eso lo sabe cualquiera con dos dedos de frente —replicó Onésimo sin siquiera mirarle, y siguió dirigiéndose a Kevin—: Yo, en cambio, te ofrezco la oportunidad de que trabajes para mí como profesor de hípica y de inglés. Y te olvidas de esa arriesgada aventura de un picadero en Dumbría. Es más, dejo en tus manos las condiciones económicas. Fíjate si estoy seguro de lo que hago —añadió arrogante.

Pablo miró a su amigo con ansiedad. Notó que las manos comenzaban a sudarle y trató de limpiárselas en el pantalón. Hasta ese momento, Kevin había rebatido una tras otra, con suma facilidad, todas las argumentaciones de Onésimo, y había defendido con pasión su proyecto. ¿Por qué callaba entonces? «No puedes rendirte ahora», pensó Pablo, mirando angustiado el rostro inexpresivo y ausente de Kevin. «No puedes dejarte convencer por este payaso y renunciar a lo que es el sueño de tu vida», habría querido gritarle, mientras restregaba sus manos agarrotadas contra los muslos, con un movimiento compulsivo e incontrolable. Como si la fuerza de su pensamiento hubiera logrado al fin conmoverle, Pablo vio que Kevin alzaba una ceja, luego la otra, y ya no tuvo ninguna duda sobre cuál iba a ser la respuesta.

—No es una cuestión de dinero, hombre —dijo Kevin con desdén—. Quizá tú no lo entiendas, pero si quisiera ganar dinero no estaría aquí, contigo. Ganaba mucho dinero antes de venir aquí y podría seguir haciéndolo si ésa fuera mi ambición.

Onésimo palideció ligeramente debajo de la barba. Sus ojos echaban chispas cuando vio, de soslayo, la sonrisa irónica de Pablo. Se aplicó en cortar el filete, y lo hizo con tal ahínco que más parecía descuartizarlo.

—Todo es una cuestión de dinero —dijo por fin, con tono desabrido.

Y añadió sombrío, amenazante, achicando los ojos:

—No creo que llegues a tener un picadero en Dumbría. Nunca.

—¡Ya lo veremos, hombre! —replicó Kevin riendo desafiante.

Desde cierta distancia, Almeida, con las manos atrás, les observaba atento, como haría el camarero de un restaurante de lujo. Sólo que en su rostro había una expresión obcecada que intranquilizaba a Pablo.

—Allá tú —dijo Onésimo con impaciencia, sin lograr ocultar su irritación.

Luego, blandiendo el cuchillo amenazador, añadió:

—Sólo doy una oportunidad a quien se pone frente a mí. Deberías aprovecharla.

La respuesta de Kevin fue instantánea:

—Reconozco una oportunidad cuando se presenta. ¡Y no veo que aquí haya ninguna! —dijo riendo, sin ocultar su tono despreciativo.

Onésimo, como si no le hubiera oído, siguió con su idea:

—Estefanía, que es una chica inteligente, ha sabido aprovecharla. Vendrá a dar clases de informática.

Estefanía sonrió apurada y Onésimo agregó desdeñoso, como si ya estuviera cansado del tema:

—En fin, tú te lo pierdes. Mis proyectos son de largo alcance. No sé lo que duran los tuyos.

Kevin acabó tranquilamente su bocado antes de responder:

—Mis proyectos duran lo que dura mi entusiasmo por ellos. Y espero que sea siempre así.

Pablo le miró con aprobación y fervor. Sentía deseos de aplaudir.

Gracias a que Estefanía pidió detalles sobre sus clases de informática, la tensión se alivió un poco. Onésimo se centró en ella y, a partir de ese momento, ignoró a Kevin y a Pablo.

Éstos estaban deseando concluir cuanto antes y marcharse de allí, pero la curiosidad que había despertado en Pablo la visión de Berta fue más fuerte que su prisa y que su timidez natural. Se las arregló para escabullirse un momento y entrar en la cocina antes de marcharse.

Berta estaba de espaldas, acodada en la ventana, mirando hacia el valle. Tardó en darse la vuelta, y cuando lo hizo sus movimientos fueron indolentes.

Se sorprendió al ver a Pablo y le sonrió.

No era ni muy baja ni muy gruesa, pero a Pablo su figura le pareció compacta y firme.

Pablo tragó saliva con dificultad mientras pensaba en la manera de justificar su presencia.

—Un vaso de agua fría... —musitó.

Berta abrió la nevera, miró a Pablo, extrajo una botella, volvió a mirar a Pablo, llenó un vaso de agua y se lo alargó, en silencio.

Luego retrocedió de espaldas hasta la ventana y volvió a apoyarse en ella sin apartar los ojos de él.

Pablo, que había buscado apoyo en la mesa del centro de la cocina, fingía observar el valle por encima de la cabeza de Berta, porque no se atrevía a mirarla a los ojos, aunque eso era lo que deseaba hacer.

—Estaba muy buena la comida —dijo, después de beber un sorbo y dejar el vaso sobre la mesa.

—¿Sí? —preguntó ella, como dudando de la sinceridad del cumplido.

—Sí, de verdad —respondió Pablo, al tiempo que dirigía sus ojos a los de ella encontrándose con una mirada que le pareció burlona.

Quizá era efecto del contraluz.

—Debe de ser difícil cocinar para tanta gente, ¿no? —preguntó de nuevo. Y añadió con una risa nerviosa—: Yo, como estoy acostumbrado a cocinar para mí solo...

Y se escuchó a sí mismo como si fuera otro el que hablaba.

Berta tardó un momento en responder.

—No creas. Nunca lo había hecho antes, pero le he cogido el aire en pocos días.

Pablo pensaba qué más podía decir y ella parecía esperar que hablara.

Pero no se le ocurría nada.

Al fin, fue Berta la que preguntó:

—¿De qué hablan ahí fuera? —dijo, haciendo un gesto que aludía a Kevin y a Onésimo.

—Tu jefe trata de convencer al inglés para que venga de profesor, de inglés y de hípica.

—¿El rubio es inglés?

—Sí.

—¿Y qué hace por aquí?

—Va a poner un picadero en Dumbría. Yo trabajaré con él. Somos socios —dijo, dándose importancia.

Berta le miró como si no le creyera y luego dijo:

—Pues más le vale seguir con su picadero. Por lo menos no tendrá que aguantar a esos dos todo el santo día dándole al megáfono.

—¿Y tú? —preguntó Pablo.

—Yo no les hago caso. Voy a mi aire. Y si no les gusta, que cocinen ellos —dijo con sorna.

—¿Estás sola en la cocina?

—¡Claro! ¿Lo dices por lo de «jefa de cocina»? —preguntó riendo—. Le gusta darse importancia, o pensar que manda un regimiento. ¡Yo qué sé...! ¡Es un cretino!

Como un eco burlón de sus palabras, el sonido desabrido del megáfono resonó de nuevo en el valle.

Se asomaron a la explanada y vieron a los niños formados, provistos de mochilas y bastón.

Kevin y Estefanía observaban desde la otra esquina.

Berta miró a Pablo sonriendo e hizo un gesto, como corroborando lo que había dicho. La luz del sol iluminó sus ojos entonces. Y Pablo supo que eran del color de la miel madura; y así era su dulzura, que de nuevo volvía a sorprenderle.

Kevin se acercó en aquel momento en busca de Pablo.

—En Dumbría, ¿eh? —dijo Berta al despedirse—. Un día que tenga libre bajaré a veros. Por aquí no hay mucho que hacer para distraerse.

Y miraba a su alrededor, con desolación en la mirada, buscando algo a lo que agarrarse.

Cuando se iban, Onésimo se acercó a la ventanilla de Kevin y le dijo:

—Para que veas que no soy rencoroso, cuando tengas el picadero te haré una visita con los niños. Necesitarás clientes, ¿no? —añadió conmiserativo, dándole un golpecito en la espalda.

Kevin pisó el acelerador y respondio burlón:

—¡Sí, hombre! ¡Voy a estar esperando por ti, para que vengas a salvar mi negocio!

TRECE

Los ánimos estaban caldeados en la furgoneta, tanto que los cristales se empañaron con el calor de la discusión.

Kevin se mostraba indignado con todo: detestaba a Onésimo y a Almeida, despreciaba su ofrecimiento de trabajo y le parecía abominable la disciplina paramilitar que reinaba en la granja-escuela.

—¡Están locos! —exclamaba—. ¡Son nazis o qué!

—¿Por qué dices eso? —replicaba Estefanía con enojo—. A mí me parece muy interesante lo que hace; es un tío con iniciativa y crea puestos de trabajo. Es lo que se necesita aquí, ¿no?

Aunque ponía ardor en sus palabras, no lograba convencer en absoluto a Kevin y a Pablo.

—Eso se lo has oído al Onésimo ese, seguro —dijo Pablo, tratando de resultar mordaz.

Kevin la miró de soslayo y dijo con ironía:

—¡No estoy muy seguro acerca de los verdaderos propósitos de este loco!

—¿Qué propósitos? Sólo quiere hacer su negocio, dar trabajo a la gente y ofrecer alternativas. ¿No tiene derecho a hacerlo igual que tú? ¿Qué tiene de malo eso? —preguntó Estefanía, cada vez más sulfurada.

Pablo se mostró de acuerdo con Kevin en todo. Compartía su punto de vista en cuanto a la opinión que le merecían Onésimo y Almeida. Y también sus dudas respecto a la aportación de puestos de trabajo a la zona.

—Pues a mí me ha ofrecido uno. Ya lo habéis oído —replicó cortante Estefanía.

—No te fíes. Yo creo que lo que quiere es ligar contigo —dijo Pablo burlón.

Estefanía lanzó un bufido, le miró con desprecio y ni siquiera le replicó.

Aunque en su fuero interno reconoció que se lo merecía, en otras circunstancias aquella actitud a Pablo le hubiera dolido. Pero en aquel momento estaba demasiado exaltado para sentirse herido. La razón de su entusiasmo se situaba en el polo opuesto a la de Estefanía y arrancaba del mismo instante en que Kevin rechazó la oferta de Onésimo. Para Pablo fue como si la puerta cerrada tras la que siempre se había sentido se hubiera abierto de golpe.

—Creo que lo único que pretende Onésimo es eliminarnos como competencia. Y ésa es buena señal —exclamó Pablo con orgullo, esperando la reacción de Kevin. Éste se limitó a sonreír con un leve gesto de aprobación.

Lo que vino tras la visita a la granja-escuela fue un torbellino que arrancó a Pablo de su vida átona, regida por el sol y la luna, sometida al ritmo implacable de las estaciones y a la tiranía de la tierra. Empezó un caos en el que no había ninguna norma y la prioridad era una sola: el picadero.

El entusiasmo y el abatimiento se alternaban en el ánimo de Pablo y, entre uno y otro, escasamente hallaba el tiempo imprescindible que dedicar a la granja. Veía cómo sus vacas enflaquecían y sus tierras languidecían, pero en los momentos más bajos se reconfortaba pensando que los esfuerzos que estaba dedicando a la nueva empresa darían mejores frutos que los obtenidos hasta entonces con sus tierras.

Lo primero que hizo Pablo fue hablar con Mundo. Y lo hizo sólo para allanar un camino que él sabía lleno de escollos.

No tardó en descubrir que la desconfianza de Mundo hacia Kevin seguía intacta y la vio acrecentarse aún más cuando comenzó a hablarle de los planes del inglés.

—¡Un picadero! ¡En mi finca! ¿De dónde va a sacar el dinero?

Pablo le contó —rellenando sobre la marcha los espacios vacíos de sus propias dudas— la historia de Málaga y la venta de multipropiedad de la que Kevin le había hablado.

—¡Es un tío muy listo! ¿A que parece imposible que se pueda ganar tanto dinero con una cosa tan tonta? —decía Pablo tratando de transmitirle su admiración por Kevin.

Pero sus esfuerzos se estrellaban una y otra vez contra el muro defensivo de Mundo.

—Y si tiene tanto dinero, ¿por qué vive en esa chatarra, en vez de alquilar una habitación en el hostal de Eliseo? —insistía receloso.

—Está muy claro. Es que él es como los celtas —le explicaba Pablo con vehemencia—. Quiere vivir en total libertad, sin ataduras de ninguna clase.

Sin embargo, aquella explicación, que a Pablo le parecía tan convincente, sólo sirvió para aumentar los temores de Mundo.

—¡Huy!... Las personas decentes, y cuerdas, no viven así. ¡Como los celtas! ¡No, si aún van a tener razón los que dicen que es un delincuente!

—¿Quién dice que es un delincuente? —preguntó Pablo, indignado.

—¡Muchos! Todo el mundo se pregunta de qué vive. ¿Sabes tú de qué vive en realidad?

—Acabo de explicártelo —dijo Pablo con desaliento.

Pero no quería darse por vencido. Recurrió a lo mejor de su vocabulario y de su imaginación para hacerle comprender a Mundo algo que ni siquiera él mismo comprendía muy bien: el espíritu de permanente inquietud que impulsaba a Kevin. Le habló de los viajes que había realizado, de sus experiencias, de sus libros, de todo aquello que le hacía una persona especial, diferente de los demás. Le habló de su búsqueda de una vida pura, sin contaminaciones... que le había traído a Dumbría, y por lo que merecía la pena apoyarle en su proyecto.

Mundo le miró pensativo y aún desconfiado.

—Tú siempre leíste demasiado —dijo dudando.

Pero Pablo advirtió que había despertado su interés, o su curiosidad, o lo que fuera. Mundo accedió a que el inglés hablara con él para negociar el alquiler de su finca. Pablo no dijo ni una palabra de los pura sangre, temeroso de que al viejo le pareciera la mayor de las locuras y diera marcha atrás en su decisión.

Pablo salió de casa de Mundo convencido de su propio discurso y habiendo hallado para sí mismo razones en las que apoyar su entrega al proyecto de Kevin. Si alguien como él había elegido Dumbría para establecerse, es que, después de todo, no era tan mal sitio...

Pese a las recomendaciones previas de Pablo para que fuera prudente en la entrevista con Mundo, Kevin se mostró desde el primer momento inmoderado y arrogante en su actitud. Comenzó por tutear al viejo y luego, ante la mirada impotente y asustada de Pablo, expuso lo que pensaba hacer —y cómo lo pensaba hacer— sin ocultar ningún detalle, incluido lo de los pura sangre que iba a comprar en el hipódromo de La Zarzuela.

Mundo dijo pocas cosas. Parecía más en disposición de escuchar y juzgar que en la de hablar.

Pablo pensó más tarde que quizá fuera la franqueza de Kevin, su sinceridad rayana en la temeridad, lo que había acabado conquistando a Mundo. No eran los modos usuales en Dumbría...

Mundo accedió a alquilarle el Arfueyo, su mejor finca, en buena parte como un reto. Al despedirle, le dijo:

—Bueno, inglés, ya veremos lo que duras en Dumbría.

—¡Éste es un buen sitio para vivir, hombre! —exclamó alegre Kevin. Y añadió, adulador—: Hay buena gente por aquí.

Pablo vio brotar en los ojillos de ave de Mundo un destello de simpatía.

El Arfueyo era una hermosa finca rectangular que comenzaba en un altozano y descendía, en suave pendiente, hasta la hondonada del valle, donde había un manantial rodeado de abedules que en otoño se llenaban de muérdago. Las fincas de alrededor, que también eran de Mundo, estaban plantadas de frutales. Árboles viejos, que nadie aprovechaba, pero seguían floreciendo cada primavera con el esplendor de sus primeros años. Decidieron hacer el picadero en la parta alta, más seca, con mejores vistas y donde, además, había un gran galpón que no resultaba difícil adaptar como cuadras.

Kevin demostró ser hábil con las manos, y rápido cuando trabajaba con interés. Dividió el espacio en cajetones, uno para cada caballo, y hasta pintó las maderas imitando los grabados ingleses de sus libros.

Pablo aportó a la obra la fuerza de sus brazos y una dedicación entusiasta, a costa de robarle horas a sus vacas y al sueño. Pero pocas ideas, por no decir ninguna. Kevin, aunque nunca se lo pedía directamente, aceptaba de buen grado su contribución al trabajo, sobre todo a los más duros, pero no parecía necesitar para nada sus opiniones. Tampoco las de Mundo, aunque éste, sin embargo, no se privaba de decir lo que le pasaba por la cabeza. Del mismo modo que no le regateaba elogios, no se guardaba las críticas cuando algo le parecía desacertado. Creía, por ejemplo, que el inglés gastaba demasiado dinero en cosas superfluas, en lujos innecesarios para un lugar remoto como Dumbría. Había empezado a comprar por catálogo diversos utensilios de cuadra cuya aplicación Mundo desconocía, y equipo para los caballos, o personal, que a su juicio eran prescindibles.

—¡Y yo que montaba en abarcas! —exclamó mirando las relucientes botas de cuero que Kevin acababa de sacar de un caja.

Su desacuerdo llegó a la cumbre el día que Kevin dijo:

—Falta algo importante.

—¿Qué? —preguntaron al unísono Mundo y Pablo.

—Los servicios.

—¡Ni hablar! ¡Aquí se mea en el campo! —afirmó Mundo, contundente.

La réplica de Kevin no lo fue menos:

—Los clientes de mi picadero, no. ¡Soy un inglés, hombre!

Mundo dio media vuelta y se fue, probablemente antes de que los nervios le traicionaran. Pablo sintió el impulso de seguir sus pasos. Estaba cansado. Durante las últimas semanas había duplicado y hasta triplicado las horas de trabajo, y la ocurrencia de Kevin requería un esfuerzo adicional que no estaba seguro de poder asumir. Y no tanto por el cansancio físico como por la actitud desagradecida del inglés. Eso era lo que más desconcertaba a Pablo: la indiferencia con que recibía la ayuda que le prestaban, como si en realidad fuera algo que se le debía. No le sorprendió oírle decir:

—Creo que el desagüe iría bien aquí, y, realmente, es algo muy sencillo.

Pablo comenzó a cavar la zanja del desagüe al día siguiente. Kevin se marchó a Madrid para elegir los caballos y cerrar la compra que había negociado por teléfono.

Cuando regresó, casi una semana después, lo hizo con la furgoneta cargada de sillas de montar, sudaderas para los caballos, cascos y botas para los jinetes, y distintas clases de arreos.

—¿Y los caballos? —preguntó Pablo mientras acomodaban las compras en el cuarto de monturas.

—No podía traerlos en la furgo. Apenas me quedaba sitio —bromeó—. Los mandan la semana próxima en un transporte adecuado.

Y añadió:

—Lo primero es acabar de instalar el cuarto de baño.

Pablo le miró con asombro.

—Te recuerdo que aún queda por hacer la cerca y es más necesaria que el cuarto de baño —dijo poniendo énfasis en la última parte de la frase.

—Por eso haremos antes el baño.

Pablo sacudió la cabeza exasperado, pero no pudo reprimir la risa cuando descubrió la expresión burlona del rostro de Kevin.

Esperaban la llegada de los caballos la misma tarde en que clavaron la última tabla de la valla que delimitaba el picadero.

Kevin y Pablo se acodaron en ella y se asomaron al círculo, aún vacío, como quien se asoma a un sueño. En silencio compartieron la misma sensación de incredulidad. Les faltaban las palabras para expresar lo que sentían. Quizá Kevin en aquellos momentos escuchaba en sus oídos el sonido dulce y melancólico de una flauta irlandesa.

En los de Pablo martilleaba el estribillo contundente de U2:

¿Quién va a montar tus caballos salvajes?
¿Quién se ahogará en tu mar azul?
¿Quién va a montar tus caballos salvajes?
¿Quién va a rendirse a tus pies?

Mientras, el rojo del atardecer se iba enfriando por el oeste.

Ambos descubrieron al mismo tiempo la luna emergiendo por el este sobre el horizonte. Era un enorme globo de luz ambarina que parecía brotar del suelo.

—¡Es la luna más grande que he visto nunca! —exclamó Pablo, boquiabierto.

—Parece más grande porque la vemos a la altura de nuestros ojos —dijo Kevin—. ¿No dirías que podríamos tocarla si empezáramos ahora mismo a caminar hacia ella?

Pablo, absorto, hipnotizado por aquella esfera prodigiosa de luz dorada, respondió:

—Sí, es la primera vez que la luna me parece alcanzable.

Aquella noche mágica a Pablo le pareció alcanzable no sólo la luna, sino también un futuro mejor. O por lo menos un futuro, algo que había desaparecido de su horizonte, del mismo modo que el sol se había hundido tras los montes, junto con la fe en sí mismo como campesino y la fe en el campo como medio de vida. De alguna manera, aún confusa, quería creer que ese futuro estaba ligado a la permanencia de Kevin en Dumbría.

El camión que traía los caballos se retrasó mucho más de lo esperado y, cuando por fin llegó, se había congregado un buen puñado de curiosos en el picadero. Porque, si bien la opinión unánime en Dumbría era que la idea estaba condenada al fracaso, no podían sustraerse a la curiosidad que despertaba aquel excéntrico inglés. Corrían mil habladurías por el pueblo y había quien afirmaba que todo eso de los pura sangre era una fantasía, del inglés y de Pablo, que nunca había estado muy cuerdo. Ésa era la razón de que aquella noche estuvieran allí para verlo con sus propios ojos.

La apertura del portón trasero y el descenso por la rampa de los caballos iluminados por los focos exteriores tuvieron un efecto teatral que contuvo el aliento de los mirones.

Los cuatro hermosos animales miraron con los ojos muy abiertos el entorno desconocido, y luego comenzaron a dar locas carreras al perímetro del picadero. De vez en cuando se detenían resoplando por el esfuerzo. Su musculatura tensa y brillante, aun en la penumbra, les hacía parecer poderosas figuras de bronce.

Kevin iba diciendo los nombres de cada uno de ellos y explicando sus características y las carreras en las que habían logrado importantes triunfos en la Zarzuela: *Chestnut* era descendiente de una mítica yegua inglesa; *Rajni Gandha* había sido propiedad de un príncipe; *Sweeny* había corrido en Ascot; *Orpheus* era hijo de campeones, y acababa de ser castrado.

Los curiosos asistían al espectáculo boquiabiertos. Habrían permanecido allí toda la noche si Kevin no hubiera dicho basta, cortando de cuajo sus sueños.

—Los caballos están muy estresados del viaje. Necesitan descansar —anunció.

Pablo no pudo evitar pensar en la diferencia que había entre su amigo y Onésimo, el estrafalario director de la granja-escuela. Onésimo se imponía a gritos, mientras que la autoridad de Kevin manaba como el agua de la fuente.

Aún se escucharon algunas risillas y comentarios burlones por aquello de que estaban estresados, como si trataran de sustraerse al embrujo de Kevin; pero acabaron marchándose, remoloneando, mientras los caballos entraban en la cuadra.

Pablo se dio cuenta de por qué Kevin ahuyentaba a los curiosos: necesitaba estar a solas con su sueño.

Le vio depositar un puñado de hierba fresca ante cada uno de los animales como si estuviera haciendo una ofrenda ante un dios y luego se apoyó en la puerta de la cuadra para mirarlos comer.

Pablo, detenido por un repentino pudor, se quedó a cierta distancia observándole.

Su rostro aniñado, de huesos finos —como él decía—, de piel blanca, translúcida, parecía brillar con una luz interior salvaje. Su inmovilidad era sólo aparente. En realidad cabalgaba sobre caballos salvajes.

Pablo creyó estar viendo la plenitud. Creyó saber en aquel momento lo que era tener la luna en las manos.

Una vez más vio en Kevin la encarnación de todo lo que él aspiraba a ser. Mientras regresaba a casa, apresurando el paso porque quedaba poco tiempo para el amanecer y la hora del ordeño, pensaba que llegaría el día en que él tendría también la luna en sus manos. Y, al igual que Kevin, montaría caballos salvajes.

CATORCE

Los clientes tardaban en acudir, para desesperación de Pablo, que veía cómo pasaban los días sin que nadie se asomara por el picadero con intención de montar un caballo.

Llegó a pensar que hubiera en Dumbría una especie de pacto de vacío. Pero Kevin no era partidario de ninguna teoría de la conspiración y no parecía preocupado. Kevin nunca pensaba en las intenciones ocultas de los demás, en que alguien quisiera perjudicarle. Se mostraba tan confiado que ni se planteó esperar a tener en la mano los permisos legales necesarios para abrir el picadero.

—Todo está bien, hombre. Me van a dar la autorización, seguro. Entonces, ¿por qué esperar?

Ése era su argumento frente a las desconfianzas y temores de Pablo.

Cierto era que las relaciones de Kevin con la gente del pueblo mejoraron notablemente desde que había trasladado su Volkswagen al picadero y se había establecido en él. Cuando bajaba a comer al bar de Eliseo, los parroquianos se le acercaban y se interesaban por los caballos, y alguno incluso llegó a decirle que la plaza estaba más triste sin la música que él ponía...

Pablo podría asegurar que durante aquellos días Kevin era plenamente feliz. Le veía disfrutar con el cuidado de los caballos, exhibiendo sus habilidades hípicas o ensayando técnicas nuevas que sacaba de sus libros. Trataba a los caballos con extraordinaria dulzura, mucha más que a las personas, pensaba Pablo mientras le observaba. Jamás se mostraba prepotente o arrogante con ellos, ni hacía un gesto brusco; caminaba despacio a su alrededor, los acariciaba, murmuraba en sus orejas palabras en inglés incomprensibles para Pablo, y los animales caían bajo su embrujo y le seguían a todas partes como corderillos. A Pablo le parecía pura magia.

Kevin era como un niño con un inmenso juguete, y se pasaba el día entero jugando. Como aquel niño que, en su Inglaterra natal —según le había contado—, se olvidaba a veces de comer y casi de dormir, en su cabaña del bosque. La luz de la luna aún brillaba en su interior.

Pablo también se sentía feliz a su modo. Se contentaba con mirar, aprender y esperar. Consciente de sus limitaciones, día a día trataba de progresar en el conocimiento de cosas que eran nuevas para él. Lo hacía con gran esfuerzo y a costa del abandono de su trabajo en la granja.

Aprendía a montar, todo sobre el minucioso aseo y cuidado de los caballos que exigía Kevin, así como de la alimentación, según unas complicadas tablas de cálculo que relacionaban trabajo y calorías... Sin embargo, no pasaba de ahí, de ese papel de aprendiz. Pablo veía transcurrir los días sin que se le ofreciera ningún protagonismo o implicación real en el picadero; tan sólo las tareas más simples, como cortar hierba, limpiar las cuadras, cambiar estacas; en resumen, lo mismo que Pablo había hecho siempre. Quizá lo único para lo que servía..., pensaba con desaliento. Pero no por ello dejó de hacerlo. Asumió que era una pieza insignificante del tablero en un juego que sólo jugaba Kevin.

Una de las cosas que Pablo esperaba con más impaciencia era el momento de salir a caballo fuera del picadero. En su opinión ya había aprendido a montar perfectamente y además estaba harto de dar vueltas al círculo. Pero Kevin lo iba aplazando porque, según su exigente criterio, aún no estaba preparado.

Por fin, un día pronunció las palabras mágicas:

—Vamos a dar un paseo.

Era una tarde de junio típica de Dumbría, con chubascos pasajeros que limpiaban el aire y esponjaban las copas de los árboles.

Pablo había estado planeando durante días el itinerario que harían en su primer paseo. Al salir del picadero le dijo a Kevin:

—Hoy seré yo el que te enseñe a ti. Sígueme.

—¡Como tú digas, hombre! —exclamó risueño.

No tardaron en entrar por caminos que para Kevin eran nuevos.

Veredas alfombradas con una mullida capa de musgo verde que amortiguaba los cascos de los caballos, un tacto tan desconocido para los animales que, en un primer momento, parecieron desconcertados.

Pero una vez que tomaron confianza, empezaron a trotar con tanta ligereza que parecían flotar.

A medida que avanzaban, el camino se iba estrechando y la vegetación se espesaba.

—¡Hace tiempo que no se usan estos caminos! —exclamó Kevin, inclinándose sobre el cuello de su montura.

Discurrían por un auténtico túnel verde, un entramado macizo de espinos, endrinos y zarzas, entretejidos de madreselvas en flor y rosales silvestres, que les obligó a cabalgar agachados un buen trecho.

Por fin desembocaron en un bosque de hayas y robles en cuyo interior crecían los helechos. Más relajados, avanzaron entre ellos, dejándose llevar por el paso tranquilo de los caballos, que disfrutaban del contacto húmedo de las ramas de helecho acariciando sus vientres. Pronto notaron que sus pies también se estaban empapando. Y no era una sensación agradable.

Kevin propuso buscar un lugar más abierto y Pablo le indicó que le siguiera.

Enseguida llegaron a un claro, casi un círculo perfecto de árboles añosos, cuyo suelo estaba tapizado de fina hierba.

Algunos troncos caídos cubiertos de musgo parecían haber sido dispuestos allí para sentarse. Pablo sabía lo que le gustaban a Kevin esos parajes y observó su reacción.

El inglés miraba a su alrededor con asombro y exclamó:

—¡Gandalf! ¿Dónde estás?

Luego miró a Pablo y ambos rieron.

—¿No será éste el lugar donde se reúnen esas hadas que encantan a los hombres? —bromeó Kevin mientras buscaba un lugar para atar su montura.

—Pues vamos a esperar a ver si aparece alguna —dijo Pablo sentándose sobre la hierba.

Un silencio misterioso reinaba en aquel lugar; no se oía ni el canto de un pájaro, ni el vuelo de un insecto, era como si la naturaleza estuviera petrificada, fuera del tiempo.

Hasta las nubes, fragmentadas en pellizcos de algodón blanco, permanecían en extraña quietud.

—Podría quedarme a vivir aquí —dijo Kevin en un susurro, como si temiera romper la paz que les rodeaba.

Pablo se preguntó en cuántos de los lugares en los que había estado antes, Kevin habría pensado lo mismo. Y, sin embargo, los había abandonado.

—Si un día llegas de verdad a ese sitio que andas buscando, ¿sabrías reconocerlo?

Kevin sonrió y tardó un poco en responder.

—No lo sé... He estado en muchos lugares que, como éste, me parecen maravillosos. Pero, si lo pienso bien, siempre les falta algo para ser definitivos... Alguien dijo una vez que ningún paraíso vale tanto como su promesa. Quizá esté en lo cierto.

Pablo guardó silencio. Si buscaba alguna certeza con su pregunta, sólo halló incertidumbre y desasosiego. Pero aun así pensó que, en los otros lugares en que había estado Kevin antes, no había llegado a hacer realidad un sueño perseguido desde la niñez, como en Dumbría.

Al cabo de un rato, Kevin, incorporándose, propuso:

—Puesto que no viene ningún hada, será mejor que volvamos.

Pero Pablo no se movió. Aún quería saber algo más.

—¿Qué hada te gustaría que apareciera? ¿Estefanía? —preguntó malicioso.

Kevin le miró con ojos de asombro.

—¿Estefanía? Ésa es tu hada, no la mía —dijo.

—¿Y cuál es la tuya? —preguntó Pablo, intrigado.

Kevin le miró fingiendo enfado y dijo:

—¡No sé si debería hablar de ciertas cosas con niños como tú!

—¡Oye, que tengo casi veinte años! —protestó Pablo—. Y además parezco tan mayor como tú ¡o más! —precisó.

Kevin volvió a recostarse en el tronco que le servía de respaldo y apoyó su cabeza en las manos cruzadas tras la nuca, como si necesitara reunir fuerzas para contar una larga historia.

Lo era, y del todo inesperada para Pablo.

En algún lugar de Inglaterra —reveló con la voz pausada y distante de quien cuenta algo lejano pero nunca olvidado— tenía una esposa y un hijo.

Así que lo que había dicho cuando conoció a Estefanía no era una broma. No precisó desde cuándo estaba casado, ni cuántos años tenía su hijo, ni en qué circunstancias se habían producido aquellos acontecimientos. Como en sus anteriores historias, el velo de misterio sólo se alzaba en parte, dejando oculto más de lo que permitía ver.

Mientras le escuchaba, a Pablo le volvía a asaltar la duda de si no sería todo una fantasía inventada bajo el influjo del entorno mágico del bosque. Tan difícil le resultaba conciliar aquella revelación con la imagen del aventurero sin ataduras, libre como el viento, dueño de su vida, que con tanto empeño se había forjado a los ojos de Pablo, que éste esperaba oírle decir en cualquier momento que todo era una broma.

Pero, lejos de eso, Kevin siguió diciendo:

—Mi padre conoció a su padre, o sea, mi abuelo, cuando ya era un hombre. Nunca había sabido nada de él antes. Su madre, mi abuela, sencillamente le había dicho que se había ido nada más nacer él, y no había vuelto más. Un día supo que su padre vivía en un pueblo de Inglaterra, no muy lejos, y sintió deseos de conocerle. Fue al lugar que le habían dicho. Mi abuelo se había vuelto a casar con otra mujer y tenía otros hijos cuando mi padre se presentó en su puerta, diciendo: «¡Papá, soy tu hijo!».

Kevin lo contaba sin dramatismo, incluso con humor, imitando la voz de un niño al decir «Papá, soy tu hijo».

—Mi padre iba con la intención de hacerle muchas preguntas: por qué se había ido, por qué nunca había querido saber lo que había sido de su hijo, cómo había crecido... Pero no fue capaz de preguntar nada. Tomaron una cerveza y se despidieron, diciéndose que ahora que se habían encontrado tenían que verse más y bla, bla, bla. Pero ambos sabían que era mentira. Todos los puentes estaban rotos.

Después de decir eso, Kevin se quedó en silencio.

Pablo también estaba mudo. En su mente confusa buscaba una relación entre la historia de Kevin y aquellas otras de los antiguos celtas, alejando a sus hijos de la familia para que se endurecieran enfrentándose solos a las dificultades de la vida. Y el único hilo conductor que encontraba en ellas era algo que él conocía de sobra: la soledad. Y no creía que hubiera nada de heroico en ello.

—¿Por qué no los traes aquí, contigo? —preguntó de pronto Pablo.

—¿A quién? —preguntó a su vez Kevin, sorprendido.

—A tu mujer y a tu hijo —respondió Pablo.

—No creo que sea buena idea —dijo Kevin sin dudar un instante—. No soy una buena compañía para ellos, ni ellos para mí. Yo necesito un tiempo para encontrarme a mí mismo y ellos serían una interferencia emocional demasiado grande.

Regresaron del paseo bajo la lluvia que había empezado a caer de nuevo; una lluvia menuda y melancólica, como un llanto silencioso, que les empapó hasta los huesos. Una tristeza indefinible se apoderó de Pablo, manteniéndole callado todo el camino. Kevin también estaba absorto en sus pensamientos. En las cuadras, al retirar las monturas, una nube de vapor se desprendió del cuerpo de los caballos, que, en la penumbra del atardecer, parecían irreales, surgidos de la varita mágica de un hada.

QUINCE

El picadero comenzó a tener clientes a finales del mes de junio, cuando los estudiantes regresaron a Dumbría y los primeros turistas empezaron a llegar.

Estefanía fue la que rompió el fuego con las clases de hípica, y su decisión acabó con los últimos recelos en torno a Kevin.

Pablo, reconociéndole ese mérito, sospechaba que lo hacía impulsada por otros motivos, pero ya no le intranquilizaban sus coqueteos con Kevin; en parte, porque sabía algo que ella ignoraba desde la conversación en el bosque. Y en parte, porque cada vez con más frecuencia, recordaba los ojos color de miel madura de Berta, y aguardaba con impaciencia que cumpliera su promesa de visitarles.

Lo primero que hacía Pablo cuando llegaba al picadero era recoger el estiércol. Con una carretilla lo sacaba y lo iba depositando en el exterior, detrás de las cuadras, donde ya formaba una pequeña montaña. Kevin había hablado de insertar un anuncio en la prensa o en la radio, poniéndolo a la venta como abono.

—Es excelente para los rosales —había dicho—, y en Inglaterra es el preferido.

A Pablo le había parecido entonces, y seguía pareciéndole, una idea bastante estrafalaria para un lugar como Dumbría, en el que, si algo sobraba, era el estiércol. Aunque el de vaca fuera estiércol frío y el de caballo caliente, como decía Kevin.

Aquella tarde, mientras paleaba excrementos, vio acercarse a Lino. Desde la noche del incidente en la plaza habían estado evitándose. Si coincidían en el campo, fingían no verse. Y si se encontraban en el bar de Eliseo, ambos se amparaban en la presencia de otros para ignorarse. No obstante, Pablo notaba que también en él se había producido un cambio de actitud. No era inmune a la curiosidad que sentían todos por el picadero, y en más de una ocasión le había visto a punto de romper el hielo. Pablo se reconocía tan culpable como él por no haber dado el primer paso; por eso, cuando aquella tarde le vio subir hacia el picadero, no dudó lo que tenía que hacer. Dejó la carretilla a un lado del camino y fue a su encuentro.

—¡Hola, Lino! —le saludó desde lejos.

—Hola —respondio él, sin mostrar demasiado entusiasmo.

Cuando estuvo a su altura, miró maliciosamente la carretilla de estiércol, y dijo:

—¿También aquí vienes a palear mierda? ¿No te basta con la de tus cuadras?

Pablo tragó saliva y decidió ignorar la inquina de aquellas palabras, optando por el humor:

—Ésta es buenísima para los rosales —le respondió sonriendo socarrón.

Lino le miró con desaliento, como si se enfrentara a un caso perdido, pero al fin esbozó una sonrisa. Hablaron del picadero, y Lino acabó reconociendo que estaba generando vida y animación para Dumbría, y que eran necesarias iniciativas como aquélla para frenar el imparable declive del pueblo.

Aquél fue un día feliz para Pablo. Porque Lino era el último baluarte de la resistencia, pero, sobre todo, porque fue la cicatrización de una herida que no había dejado de atormentarle.

La afluencia de clientes siguió aumentando progresivamente a medida que avanzaba el verano. Los fines de semana, el picadero de Dumbría era el punto de confluencia de los jóvenes de toda la comarca. Se había convertido en el lugar de moda que todos querían probar. Cuando veía los grupos de chicos y chicas que aguardaban su turno para montar, Pablo reconocía que Kevin no se había equivocado. Alguna vez se lo hizo notar, pero siguiendo su costumbre, Kevin no le dio importancia porque «¡era lo normal, hombre!».

Pablo continuaba realizando con abnegación las tareas subalternas que Kevin le había asignado, mientras esperaba paciente a que éste decidiera darle algún papel de más responsabilidad que recoger el estiércol. Mientras paleaba la bosta, imaginaba que algún día sería socio de Kevin, vendería las vacas y las fincas si era necesario, y pondría todo en manos de su amigo para que lo invirtiera en ampliar las instalaciones y en comprar más caballos. Sería el mejor picadero del país y saldría anunciado en las revistas de caballos que solía comprar Kevin.

Y así iban creciendo sus sueños, al mismo ritmo que crecía la montaña de estiércol, como si se alimentaran de él. Hasta que la burbuja estallaba bruscamente y le dejaba ante la prosaica realidad. Eso solía ocurrir cuando recordaba a sus hermanas. Y sólo con pensar en exponerles tales ideas, un sudor frío empezaba a resbalar por su espalda. Pero era suficiente con que llegara un nuevo cliente para que sus temores se disiparan. Si el picadero iba bien, todo iría bien. Y hasta sus hermanas serían capaces de comprender eso con el tiempo.

Sin embargo, algo sucedió. No sabría decir qué ni en qué momento había comenzado, pero un día advirtió que algo estaba cambiando. Tuvo de pronto la misma sensación intranquilizadora que le producía oír un ruido extraño en el motor del tractor: seguía funcionando pero se podía parar en cualquier momento. Aguzó todos sus sentidos tratando de identificar la procedencia del desajuste. Hasta que llegó a la conclusión de que Kevin había empezado a ir en dirección contraria. Cuanto mejor marchaba el picadero, más descontento parecía él. Cuando la afluencia de clientes era abundante, estaba agobiado. Las pequeñas dificultades del trabajo diario se le hacían insalvables y le irritaba tener que resolverlas. Se mostraba irascible y malhumorado a la menor contrariedad. Parecía no poder soportar la realidad del día a día.

Pablo conocía muy bien ese sentimiento que le había compañado de modo permanente durante los últimos años, pero le desconcertaba en Kevin; en alguien que estaba realizando un sueño perseguido durante mucho tiempo. ¿Qué pasaba en el interior de Kevin? ¿Por qué se iba apagando aquella luz salvaje que había visto brillar en su rostro la noche que llegaron los caballos?

Pablo estaba haciéndose esas preguntas por enésima vez y tratando de controlar su desasosiego, cuando oyó a lo lejos el claxon de un coche que sonaba de forma insistente. Todavía no se le veía, pero era obvio que, quien quiera que fuera, iba hacia el picadero porque el camino sólo llevaba allí. Era tarde, el día había sido duro, ya estaban empezando a recoger para cerrar, y Pablo miró a Kevin pensando que no le haría ninguna gracia que llegara alguien a aquellas horas. La piel del inglés adquirió de pronto un opaco color ceniza, como si la sangre se hubiera retirado de sus venas de forma repentina, y pareció que iba a desmayarse. Pablo volvió la cabeza para seguir la mirada de su amigo, fija en un punto, y entonces comprendió lo que motivaba aquella transfiguración.

El todoterreno de Onésimo, seguido de otros dos coches, subía levantando una nube de polvo, mientras persistía en los bocinazos.

Pablo se echó a temblar. En primer lugar, porque temía la reacción de Kevin. El recuerdo de la visita a la granja-escuela y la impresión que habían sacado de ella no era tranquilizante. Y desde entonces la capacidad de aguante de Kevin para ciertas cosas había sufrido una merma notable. Pero temblaba por algo más. En uno de aquellos coches era muy posible que viniera Berta, y eso le producía una emoción indescriptible. Recorrió con la mirada los tres vehículos y la descubrió al volante del último. Le miró seria, con aquel gesto suyo adusto, como de permanente enfado, que sólo desmentían sus ojos dulces, y Pablo esperó anhelante algún gesto de amistad y reconocimiento. Cuando al fin sonrió, fue como el arco iris, como el sol después de la lluvia.

Kevin estaba paralizado. Miraba los coches como si fueran fruto de una pesadilla, y parecía incapaz de calcular la magnitud del desastre que se le venía encima.

Las puertas de los vehículos se abrieron y comenzaron a escupir niños en cantidad muy superior a la que cabía esperar. Todo lo que hasta un momento antes era paz y silencio, se convirtió en un tremendo alboroto.

Los caballos se contagiaron enseguida del nerviosismo y comenzaron a dar carreras vertiginosas por el cercado, lo que hizo subir aún más el entusiasmo de los niños.

Poseídos por una especie de frenesí, unos trepaban a la valla, otros reptaban bajo ella y el resto corría detrás de *Cernunos*, que contribuía al tumulto ladrando histérico. La situación parecía incontrolable.

Kevin continuaba pálido, hierático, y Pablo se preguntaba nervioso qué haría falta para rescatarlo del bloque de hielo que parecía rodearle. En medio de la confusión y el desconcierto, pensó en pedirle ayuda a Berta, pero la vio tan tranquila, apoyada en uno de los coches, observando el guirigay con la misma placidez que si contemplara una puesta de sol, que no se atrevió a acercarse a ella. Pablo se preguntó de qué pasta estaba hecha aquella chica que siempre parecía ir a una velocidad más lenta que el resto del mundo. El sonido destemplado de la voz de Onésimo le volvió a la realidad.

—¡Silencio! ¡Silencio he dicho! —gritaba.

—¡Aaatención! —subrayó Almeida.

La primera muestra que vio Pablo de que Kevin empezaba a reaccionar fue la mirada asesina que les dirigió a ambos.

—Estamos de visita —siguió diciendo Onésimo sin mirar para nada a Kevin—. ¡Compórtense! ¡Y formen fila! —ordenó.

—¡Eso! ¡En fila! —corroboró Almeida.

A regañadientes y en medio de protestas, los niños hicieron un amago, pero antes de que llegara siquiera a parecerse a una formación, Kevin decidió intervenir:

—¡Nada de filas, hombre! Esto no es el ejército —dijo con tono contrariado.

Sus palabras fueron recibidas con gritos entusiastas por parte de los niños que, inmediatamente y después de haber lanzado una mirada iracunda a Kevin, acalló Onésimo.

—Hemos venido a las instalaciones del señor Kevin —dijo sobreponiendo su voz al griterío— con un objetivo: recibir clases de equitación. No se puede lograr un objetivo si reina la anarquía —concluyó enérgico.

Kevin hizo un gesto de disgusto y consultó el reloj murmurando algo sobre lo tardío de la hora para dar clases, pero al ver que los niños aguardaban expectantes, cambió de idea. Adoptando el aire arrogante que con tanta maestría dominaba, se dirigió a Onésimo, y Pablo supo que estaba decidido a sabotearle a conciencia.

—Está bien tu discurso, hombre, pero guárdalo para otra ocasión —dijo con guasa, arqueando una ceja— porque no hay ninguna anarquía aquí. Y además, ésta es mi casa y pueden hacer lo que quieran.

Los niños se acogieron a las palabras de Kevin sin esperar más órdenes y se desparramaron por el recinto, desoyendo las enérgicas llamadas al orden de Onésimo.

—¿Qué hago, jefe? —preguntaba Almeida inquieto, viendo que la situación se les iba de las manos.

—Nada, Almeida, nada —respondió Onésimo resignado, mirando a Kevin con rencor.

Éste les dio la espalda sin prestar atención a sus comentarios y pidió la ayuda de los niños para sacar las monturas del guadarnés. Pablo también corrió en su ayuda con objeto de agilizar los preparativos, dada la hora.

—Lo hago por los niños —le dijo Kevin—. Porque a estos imbéciles les daría una buena patada en el trasero.

Cuando acabaron de aparejar los caballos, Berta, que había seguido toda la operación de lejos, se acercó a ellos con aire indolente, por si podía ser de ayuda, dijo. Pablo se dio cuenta de que era más delgada y alta de lo que le había parecido en la granja-escuela, y desde luego su aspecto ganaba mucho sin el delantal grasiento que llevaba aquel día. No era guapa; su rostro de rasgos grandes resultaba incluso un poco tosco, pero la dulzura extraña de sus ojos borraba cualquier otra consideración.

Un chico de ojos azules conoce a una chica
de ojos marrones.
¡Oh! la cosa más dulce...

Pablo recordó la canción de U2 mirándolos de nuevo.

—Te ayudaré con estos monstruos —dijo sonriendo, un poco sorprendida por la mirada insistente de Pablo.

Con serenidad, sin gritos, llamando a cada niño por su nombre, Berta les asignó una tarea.

En un santiamén, los cascos, las botas, los arreos que los chicos, movidos por la curiosidad de lo nuevo, habían sacado de las estanterías y desparramado por el suelo como en un mercadillo, fueron devueltos a su lugar.

Onésimo y Almeida, con actitud resentida, habían optado por quedarse al margen. Incluso se habían retirado a una cierta distancia y desde allí cuchicheaban constantemente haciendo gestos indignados.

Hasta los oídos de Pablo llegaban de vez en cuando algunas frases más altas de Onésimo y siempre eran descalificaciones sobre la forma que Kevin tenía de dar las clases y su falta de conocimientos. Las aportaciones de Almeida iban por caminos más ofensivos e hirientes.

Aunque creía que Kevin estaba demasiado lejos como para oírlos, a Pablo le preocupaba que alguna palabra llegara hasta sus oídos. Pero Berta le tranquilizó:

—Estoy segura de que lo tienen bien calculado. Saben que se la juegan con Kevin. Son un par de fantoches. Si les plantas cara, reculan como gallinas.

—¿Les conoces bien?

—Desde hace un par de meses. Desde que estoy en la granja-escuela; pero no hace falta ser psicólogo para ver de qué pie cojean.

—¿Por qué estás con ellos, si tan poco te gustan?

—Quería conocer esta zona y es lo único que pude conseguir. ¿Qué quieres que haga? Es un trabajo.

Había utilizado el mismo tono que Kevin. Sólo había faltado que añadiera la coletilla del inglés: ¡hombre!

—Tengo que ganarme la vida —continuó Berta—. Y demostrarles a mis padres que puedo hacerlo. Cuando acabe el verano, me voy.

Pablo sabía que, antes o después, diría eso. Tan sólo le sorprendió oírlo tan pronto.

—¿Te gusta la música? —preguntó Berta ante su silencio—. Tengo cintas en el coche.

El suyo era el Ford Fiesta rojo.

Rebuscó entre las cintas y eligió una. Cuando, a través de los altavoces, Pablo escuchó la voz de Bono, tampoco le sorprendió. De algún modo esperaba que fuera así.

Se miraron y Pablo dijo:

—¿Tú también?

—*You too?* —preguntó, a su vez, Berta.

Ante la cara de incomprensión de Pablo, ella se explicó:

—«Tú también», eso es lo que significa *you too,* que se pronuncia como U2... Es un juego de palabras. ¡Pero qué paleto eres! —exclamó riendo y exagerando su asombro.

Pablo enrojeció avergonzado antes de preguntar:

—¿Sabes inglés?

—Un poco. Pero las canciones de U2 me las sé de memoria.

—Yo también, y no tengo ni idea de inglés —dijo Pablo.

—*You too?* —bromeó de nuevo Berta.

Y esa vez rieron los dos.

Pablo percibió en esa risa compartida la mayor cercanía que había sentido nunca de otra persona.

Quiero correr,
quiero esconderme,
quiero derribar paredes
que me tienen encerrado.
Quiero llegar
y tocar la llama
donde las calles no tienen nombre...

—¿Cuándo descubriste a U2? —volvió a preguntar Pablo al finalizar la canción.

—Hace un par de años. El último curso del instituto. Estaba en un pozo y fue como encontrar un asidero. Me encanta la música, y escuchar una canción que diga lo mismo que estás pensando tú es el mayor de los consuelos.

Guardó silencio un momento y luego prosiguió.

—Me encerraba en mi cuarto a escuchar las canciones, y a cantarlas, y era como una liberación. Debe de ser algo así como ir al psiquiatra..., ¿no crees?

Pablo afirmó con la cabeza, mirándola con asombro, porque era como estar escuchando sus propias palabras. Al cabo de un rato, preguntó:

—¿Por qué dices que estabas en un pozo?

Berta pensó la respuesta un momento, como si no fuera fácil:

—Mis padres quieren que estudie una carrera, pero tiene que ser una carrera seria, como ellos dicen. Derecho... Medicina. ¡Y yo lo que quiero es ser cocinera! ¡Me encanta la cocina desde muy pequeña! Me gusta inventar platos nuevos y hacer mezclas raras que nadie haya hecho antes. Y es un arte, ¿sabes?; creo que la cocina es como la pintura, o como la música, o la poesía... Tienes que tener un don, algo que nadie te puede enseñar. Y yo lo tengo.

A Pablo nunca se le habría ocurrido pensar que la cocina fuera algo así; más bien le parecía una necesidad engorrosa, como lavar la ropa. Pero Berta hablaba de ello con tanta pasión que le hizo dudar.

Berta siguió diciendo:

—Mis padres dicen que lo único que conseguiré es ser una criada, pero yo no estoy de acuerdo. Una buena cocinera puede tener tanto prestigio como un buen oculista o un buen arquitecto, ¿no? Además, no importa lo que hagas, siempre que sea lo que tú quieres, y no lo que quieren otros. A quién le importa el prestigio. Lo que importa es que seas feliz haciéndolo.

Pablo asintió en silencio. Pensaba en su padre, orgulloso del trabajo de campesino. Y pensaba en sí mismo, sin encontrar un motivo de orgullo, ni una razón para ser feliz.

Somos golpeados y soplados por el viento,
pisoteados en el polvo.
Te mostraré un lugar
en las alturas de una planicie desierta
donde las calles no tienen nombre.
Donde las calles no tienen nombre...

—¿Sabes que van a dar un concierto? —dijo Berta de pronto.

—No, no lo sabía. ¿Dónde?

—En Madrid. Pero ¿en qué mundo vives? ¡Si lo están anunciando en la radio constantemente!

—No escucho la radio.

—¿Y qué haces?

—Pues trabajar. ¿Qué crees que hago? ¿No sabías que la vida en el campo es muy dura?

—¿Ah, sí? —dijo mirándole socarrona—. Lo que no sabía es que fueras otro de esos campesinos sufridores que sólo miran al terrón.

Pablo respondió dolido:

—Pues sí. Debo de ser uno de ésos.

Berta echó la cabeza un poco hacia atrás como para poder contemplarle mejor, y pareció que iba a decir algo, pero guardó silencio. Al cabo de un rato le propuso:

—Si quieres ir al concierto, puedes dormir en mi casa. Te dejaré mi teléfono.

Pablo la miró pensando que no tenía ni idea de lo que hablaba. Como si él pudiera marcharse a Madrid alegremente a un concierto...

—No puedo. Hay demasiado trabajo aquí, en el picadero, en la granja...

—Será en septiembre... ya no habrá tanto lío en el picadero y además eso es asunto de Kevin —insistió ella.

—Sí, pero las vacas...

—¡Las vacas que se queden en el pasto! —exclamó Berta—. Estarán mucho más felices que en la cuadra. A los animales también hay que darles alguna sorpresa. Su vida es muy aburrida si no —bromeó.

Pablo rió la ocurrencia y dijo:

—¡Qué sabrás tú, chica de ciudad, de las vacas!

—A lo mejor, por ser de ciudad, veo mejor el lado bueno de vivir en el campo —replicó mosqueada.

—Yo no vivo «en el campo», vivo «del campo». Si se le puede llamar vivir... —contraatacó Pablo.

—Ése es el problema —dijo ella triunfante, como si acabara de demostrar algo. Y añadió—: Mientras no consigas que las dos cosas sean una sola, no serás feliz.

—Y eso, ¿qué significa? —preguntó Pablo desafiante.

—Significa que mires a tu alrededor, no sólo al surco; ¡que no eres un arado, eres una persona! —respondió bromeando.

Pablo no replicó. Se dio cuenta de que las puyas de Berta ni le herían ni le humillaban. Y no pudo por menos de compararla con Estefanía, quien, sin decir una palabra, sólo con su actitud, le hacía sentirse menospreciado. En los ojos de Berta se veía reflejado como una persona real. Y ésa era una sensación nueva, reconfortante.

Cuando Kevin dio por concluida la última clase, casi había anochecido.

Onésimo, con gesto adusto, ordenó a los niños que subieran a los coches. Todos le rodearon al grito de «¡Queremos volver mañana!», que encrespó los ánimos de Onésimo y Almeida.

—No, señores. La hípica, mañana en la granja-escuela —dijo, circunspecto.

—Estos caballos son mejores y se monta mejor en ellos. Y además no les tenemos miedo. Y Kevin es el mejor profesor... —decían los niños, atropellándose unos a otros al hablar:

—¡Y más grandes!

—¡Y la monta inglesa!

—¡Yo he galopado!

—No hay nada más que añadir —gritó Onésimo indignado, interrumpiéndoles—. Basta de caprichos estúpidos.

—¡Qué rollo! —exclamaron varios a coro.

Los niños comenzaron a subir a los coches con desgana, conspirando en voz baja sobre el mejor modo de convencer a Onésimo para volver cuanto antes al picadero.

Desde las ventanillas lanzaron gritos entusiastas hacia Kevin y Pablo:

—¡Tus caballos son guay! —exclamó uno.

—¡No muerden, ni dan patadas como los de la granja! —señaló otro con admiración.

—¡Yo quiero montar a caballo sólo aquí! —declaró un tercero.

Kevin, con gesto cansado y cara de pocos amigos, le advirtió a Onésimo cuando se iba:

—La próxima vez, avísame antes. Puede que tenga la tarde ocupada.

—Tranquilo, inglés. No habrá próxima vez —dijo Onésimo con rencor.

Los vieron alejarse en la oscuridad creciente; Kevin suspiró con alivio. Pablo siguió mirando el punto del camino por donde había desaparecido el Ford Fiesta rojo, tanto tiempo que le hizo preguntar a Kevin:

—¿Estás usando tus poderes mentales para que vuelva?

Pablo le miró sonriente y respondió feliz:

—Sí. Y lo he conseguido. Volverá para la fiesta.

Kevin meneó la cabeza y sonrió comprensivo. Cuando acabaron de recoger y dieron la cena a los caballos, Pablo propuso que bajaran a la plaza un rato. Kevin, aunque declaró estar cansado, accedió a los deseos de Pablo.

—Veo que estás muy nervioso y no vas a poder dormir esta noche —dijo burlándose de él.

En la plaza no había mucha gente a pesar de que la noche era magnífica. Kevin se dejó caer en una de las sillas de la terraza, mientras Pablo echaba una ojeada al interior. Saludó de lejos a los habituales de la partida y luego se sentó junto a Kevin. Enseguida apareció Eliseo con su inseparable bayeta en la mano. Era un hombre de pocas palabras y cuando quería decir algo solía ir al grano sin rodeos. Mientras limpiaba la mesa dijo:

—No me gustan esos tipos de la granja-escuela. Estuvieron el otro día por aquí fanfarroneando mucho de que os iban a dar una lección...

Kevin se rió:

—No necesitamos lecciones de estúpidos, hombre —dijo despectivo.

—Eso creo yo —asintió Eliseo.

—¿Y qué va a hacer Estefanía? —preguntó Pablo—. Le han ofrecido trabajo.

—Estefanía irá a Irlanda, que es lo que tiene que hacer. Y si quiere trabajar, que trabaje aquí —respondió muy serio.

Más tarde apareció Estefanía. Se detuvo a su lado un momento para saludarles e intercambiar algunos comentarios sin importancia. Parecía malhumorada y con pocas ganas de hablar. Ni Kevin ni Pablo hicieron alusión alguna a lo que había dicho Eliseo. Ella les dejó enseguida para pasar tras la barra con su padre.

DIECISÉIS

La fiesta patronal de Dumbría era el día de Santiago, pero, desde hacía algunos años, se celebraba en la misma jornada la procesión del Corpus y la noche de San Juan. Se había acordado así para ahorrar presupuesto y dar más intensidad y brillantez a la fecha, logrando de paso concentrar el mayor número posible de visitantes.

La hoguera constituía el mayor atractivo de la noche y los preparativos comenzaban por la mañana. Desde primera hora, los vecinos iban dejando en la plaza aquello que juzgaban inservible o de lo que querían deshacerse, al tiempo que los más jóvenes lo preparaban para ser pasto del fuego. La tarea duraba todo el día y era un pretexto para divertirse mientras planeaban las bromas que iban a gastar a medianoche. Pablo se detuvo a contemplarles al pasar por la plaza. Pensó que, otros años, él estaba allí también con ellos, apilando trastos y maquinando diabluras, unas veces inocentes y otras no tanto. Era una tradición en Dumbría que, aquella noche, los duendes y los trasgos hicieran de las suyas, cambiando de lugar todo lo que pudiera ser movido de sitio.

—Echa una mano, hombre, que ya no quieres saber nada de nosotros —le increpó Lino cariñosamente.

—Ahora tiene tareas de más categoría —añadió otro del grupo con cierta inquina.

Pablo respondió con una sonrisa y se aproximó a ellos. Agarró una silla desvencijada que estaba a un lado y se la alcanzó al que estaba en lo alto de una escalera organizando la pira.

—Toma, y no te vayas a caer en el fuego cuando la enciendan —bromeó.

Después siguió su camino hacia el picadero pesando que debía avisar a Kevin en cuanto llegara. Estaba seguro de que, aquel año, iba a ser uno de los objetivos favoritos de sus gamberradas.

—Lo más importante es no dejar a su alcance nada que se puedan llevar, porque puede aparecer en lo alto de una farola, en la fuente, o en el pico de un monte —le adivirtió Pablo.

Kevin estaba relajado y de buen humor, y hasta le divertía la historia de los duendes traviesos que trastocaban todo. Se interesó por aquella tradición y habló de las conexiones existentes con los mitos y leyendas celtas. La tarde era tranquila en cuanto a afluencia de clientes; al parecer todo el mundo estaba en la plaza, donde se habían instalado todas las atracciones de la fiesta. Pablo propuso aprovechar el tiempo libre para limpiar y dar grasa a las monturas.

Kevin le miró interrogante.

—¿Qué pasa? ¿Estás nervioso por algo? —preguntó capcioso.

Pablo lo negó riendo:

—No, hombre. Qué voy a estar nervioso. Pero hay que hacerlo, ¿no?

No obstante, no consiguió engañar a Kevin, y menos cuando el claxon repentino de un coche le hizo pegar un bote.

—Ya está claro —dijo Kevin mirando hacia el camino—. ¿Aún quieres limpiar las monturas?

—¡Rebelión en la granja! —anunció Berta asomando la cabeza por la ventanilla del coche.

Kevin y Pablo se quedaron aguardando una explicación.

—¡La que se ha liado! —dijo acercándose.

Y añadió:

—Almeida poco menos que quiere degollaros con su cuchillo de matar jabalíes.

—¿Por qué? —preguntó Kevin intrigado.

—Porque te hace responsable de la anarquía y la rebelión de los niños —dijo Berta, enfática y feliz.

—¿Qué? —exclamaron al unísono Pablo y Kevin con asombro.

Berta se divertía viendo sus caras.

—Desde el otro día, los críos sólo piensan en volver aquí. Se han puesto bordes y no hay manera de que hagan nada ni piensen en otra cosa. ¡Los tienen fritos! No son capaces de dominarlos.

Kevin se mostró más que satisfecho.

—No viene mal un poco de rebeldía, ¿no?

—¡Es fantástico! Yo ya estaba harta de tanta disciplina —dijo Berta—. Pero son un par de locos —advirtió poniéndose seria—, y los niños lo pueden pasar mal. Son capaces de cualquier cosa.

—No será para tanto —dudó Pablo.

—¿Que no? Hace días que los tienen castigados: sin bajar al río, sin juegos, sin tele... Los chavales están cada vez más rebotados y los otros cada vez más furiosos. Y a ver quién la hace más gorda. La cosa puede acabar mal. Los mayores están planeando una fuga y quieren denunciarlos por malos tratos. Como lo hagan, cuando se enteren los padres, se lía...

—Quizá sería bueno que supieran en qué manos han dejado a sus hijos —apuntó Kevin.

—No os pongáis tan dramáticos; estáis exagerando —terció Pablo tranquilizador.

—¿Exagerando? Para ésos lo más importante de todo es el principio de autoridad. Y a vosotros no quiero asustaros, pero Almeida dice que va a venir a degollar a los caballos. Y está muy loco, no sé si os habéis dado cuenta —advirtió Berta muy seria.

Kevin se rió e hizo un comentario despreciativo. Luego, sin transición, anunció que tenía una sorpresa.

Se dirigió a la Volkswagen y al cabo de un momento volvió con un estuche estrecho y largo en la mano. Berta y Pablo seguían sus movimientos con atención, intrigados por lo que iba a sacar de allí.

—*Et... voilá!* —dijo alzando la tapa.

Pablo y Berta se quedaron mirando el objeto sorprendidos.

—¡Es un arco! —exclamó Pablo tomándolo en sus manos.

Lo sopesó y volvió a exclamar:

—¡Cómo pesa!

Kevin observaba en silencio, con satisfacción, el asombro que había provocado en los dos.

Para Pablo aquélla era la primera vez que tenía un arco en su manos y dijo que la palabra *arco* siempre le había sugerido algo muy frágil, ligero como el aire.

—Hay otros con menos peso —explicó Kevin—, pero a mí me gustó éste.

—¿Dónde lo tenías escondido? ¿De dónde lo has sacado? —preguntaba Pablo, extrañado de no haberlo visto hasta entonces.

Era difícil ocultar una cosa así en un recinto tan pequeño como la furgoneta.

—Lo compré en Madrid cuando fui a por los caballos. Lo vi en un escaparate y no pude contenerme. Siempre había querido tener uno. ¿Verdad que es precioso?

Pablo lo depositó en las manos de Berta, que también se asombró de su peso y su belleza.

Sacaron varias balas de paja de las cuadras y las dispusieron como diana.

—De ese modo recuperamos las flechas fácilmente —dijo Kevin.

Él fue el primero que se preparó para disparar, ya que era el único que sabía cómo hacerlo.

Separó las piernas, se orientó perpendicularmente al objetivo, y alzó el arco con la mano izquierda al tiempo que con la derecha tensaba la cuerda. La flecha salió rasgando el aire con la suavidad del vuelo de una golondrina.

Lo repitió varias veces, siempre con la misma asombrosa facilidad...

O eso pensaba Pablo. Porque, cuando él intentó tensarlo siguiendo las instrucciones de Kevin, resultó ser más difícil de lo que parecía. La cuerda rígida apenas cedió.

—¡No es cuestión de fuerza! ¡Relaja el brazo! —le explicaba Kevin.

Pablo tuvo que intentarlo varias veces hasta que consiguió disparar una flecha.

Sólo entonces comprendió lo que Kevin quería decir. Y le pareció algo misterioso, casi mágico.

—No, no; no es sólo fuerza —murmuraba Pablo para sí, mientras se concentraba en tensar la cuerda de nuevo—. ¡Pero también es fuerza!

Tras conseguirlo una vez más, Pablo intentaba explicar la extraña emoción que había sentido. Pero no lograba hacerlo con palabras. Con un entusiasmo infantil que hacía reír a Kevin, le decía a Berta:

—Tú tiras con suavidad y sigues tirando, tirando, tirando... y ¡zas!, no sabes ni cómo ni por qué, hay un momento en que la cuerda se vuelve flexible, increíblemente flexible, es como si desapareciera y sólo existiera tu brazo, y parece que vas a poder estirarla hasta el infinito...

Berta sólo comprendió lo que Pablo había sentido cuando logró, ella misma, disparar una flecha.

—¡Qué suavidad! —dijo.

Y añadió pensativa:

—Duele pensar que también sirve para matar.

—Durante mucho tiempo fue el arma de caza del hombre —dijo Kevin.

—¡Odio la caza! —confesó Berta.

—Yo también —dijo Pablo.

—El de cazador es un instinto natural en el hombre —dijo Kevin, y añadió—: No conviene olvidarlo. Quizá algún día vuelva a ser necesario.

—¿Cuando vengan las hordas del sur? —preguntó Berta, sardónica.

Kevin guardó silencio como si estuviera ordenando sus ideas y luego dijo:

—Hay quien piensa que el mundo está dividido en dos bandos: el de los cazadores y el de las presas. Según esa teoría, llega un momento en la vida de todo hombre en que debe decidir en cuál de los dos quiere estar.

—¿Y tú ya has elegido? —preguntó Berta sin abandonar el tono irónico.

—No —respondió Kevin tajante—. Yo creo que ese planteamiento siempre acaba en tragedia.

—Sí. Sobre todo para la presa —dijo Berta riendo.

—¿Y si no quieres estar con ninguno de los dos? —preguntó Pablo, que hasta ese momento se había limitado a escuchar.

—Puede que ésa sea la única elección —dijo Kevin.

—Pero eso no es una elección —rebatió Berta—. Elección es estar con uno o con otro.

—O con los dos... —dijo Kevin misterioso.

—No creo que se pueda estar con los dos —afirmó Pablo.

—¿Por qué? —preguntó Kevin.

—Hace mucho tiempo —empezó a contar Pablo, mientras acariciaba la madera brillante del arco—, cuando yo tenía siete u ocho años, me ocurrió algo que nunca logré entender. Estaba esperando a mi padre, al atardecer, en el camino, junto a una finca de maíz. Oí moverse las hojas y pensé que era el viento. Pero noté como si hubiera alguien detrás de mí. Me volví y entonces le vi. Era un jabalí negro, enorme; estaba quieto, mirándome con ojos de fiera salvaje, pero al mismo tiempo vi miedo en aquellos ojos. Un miedo terrible, quizá tanto como el que debía haber en los míos. Todo ocurrió en un instante; enseguida desapareció entre el maíz como una sombra.

»Cuando llegó mi padre —siguió contando Pablo ante el silencio atento de Kevin y Berta—, no me atreví a decirle nada. Había sido todo tan rápido que casi dudaba de haberlo visto. Pensé que igual me lo había imaginado, y temí que mi padre creyera que lo estaba inventando. Siempre me decía que tanto leer me hacía ver visiones. Me callé y volvimos a casa; yo, silencioso, pensando en la mirada del jabalí. Al día siguiente, cuando me desperté, había un gran revuelo en casa. Mi padre, poco después de salir a las labores, había vuelto a por la escopeta. «Los jabalíes han destrozado el maíz —gritaba furioso—. Debe de ser una hembra con crías. Como los encuentre...» Yo me callé, aterrorizado, y nunca conté a nadie lo que había visto la noche anterior.

—¿Y los encontró? —preguntó Berta

—No. Él estuvo de mal humor varios días y yo me sentí culpable mucho tiempo por no haberle avisado la noche anterior. De haberlo hecho quizá se hubiera evitado el destrozo del maíz. Yo elegí estar del lado de la presa. ¿Crees que era posible estar en los dos bandos?

—Tú lo estuviste en el momento en que tus ojos vieron el miedo en los ojos del jabalí; el mismo que él veía en los tuyos —dijo Kevin.

Continuaron discutiendo con pasión sobre el mismo tema, mientras practicaban con el arco. La tarde se extinguió sin que se dieran cuenta, y antes de que anocheciera del todo, se aplicaron en extraer las últimas flechas que habían quedado incrustadas en las balas de paja. Cuando terminaron, se recostaron en ellas y asistieron en silencio al nacimiento de las estrellas. Eso fue lo que dijo Berta:

—Están siempre ahí, pero es como si nacieran cada noche.

Pablo aguardaba impaciente la aparición de Orión. Ya hacía tiempo que no tenía la menor dificultad para identificarlo, y cada noche lo buscaba como quien acude a una cita con un viejo amigo. Cuando por fin lo vio surgir en el horizonte, le faltó tiempo para contar todo lo que sabía de él.

Iba señalándole a Berta los nombres de las estrellas que conocía y las leyendas mitológicas en torno a ellas.

Kevin, con la cabeza apoyada en las manos entralazadas en la nuca, asistía en silencio a las explicaciones de Pablo. Parecía escuchar con la complacencia del profesor que escucha al alumno aplicado. Pero Pablo sabía que no era así. Sabía que en realidad se encontraba muy lejos, errante por regiones a las que él nunca tendría acceso, tan lejano como el arquero del firmamento. Y presentía que aquel alejamiento sería a no mucho tardar, definitivo. Sólo la presencia de Berta logró desterrar el sentimiento de orfandad que trataba de apoderarse de él.

Un leve resplandor rojizo que de pronto se alzó por el horizonte les hizo saber que la hoguera de la plaza estaba en su apogeo.

—¡Anda! La hoguera... —exclamó Berta—. Se nos ha olvidado con tanta filosofía. Después iremos a la verbena, ¿no?

Fue en ese momento cuando escucharon un ruido extraño por las cuadras. Como un chasquido.

Cernunos salió ladrando hacia el lugar de donde había venido el ruido y ellos se quedaron a la escucha.

—Habrá sido una patada contra las puertas —dijo Kevin sin alarma.

Cernunos siguió ladrando y luego dejaron de oírle.

Berta se mostró inquieta, se puso de pie y entonces escucharon claramente cómo los caballos se removían en la cuadra de manera anormal.

Kevin, de un salto, se plantó en la puerta, la abrió y vio que estaban muy agitados, tirando de las ataduras y poniendo los ojos en blanco mientras intentaban soltarse. Fue Pablo el primero en darse cuenta de lo que pasaba:

—¡Hay fuego! ¡Allí! —gritó señalando al almacén de la paja, que estaba a continuación de la cuadra y separado de ésta por un murete de media altura.

Kevin corrió a por la manguera del exterior y la extendió mientras ordenaba a Berta que abriera el grifo.

Se movieron todo lo rápido que les permitieron sus piernas, pero las llamas ya habían prendido en la paja. Ardían crepitando con ruido de celofán, expandiéndose con rapidez vertiginosa.

Pablo y Berta, ayudándose con un par de palos y todas las sudaderas de los caballos, intentaban ahogarlas por un lado, mientras Kevin les aplicaba la manguera por otro.

Los caballos relinchaban presas del pánico y coceaban con violencia los cajetones, que crujían como pan seco.

Cuando por fin las llamas estuvieron dominadas, Kevin les indicó a Berta y a Pablo que se ocuparan de los rescoldos y él se dedicó a tranquilizar a los caballos. El mayor peligro era que se hicieran daño con las astillas de la madera, afiladas como cuchillos, intentando salir de allí.

Retiró los restos de las tablas metiéndose entre las patas de los caballos, sin preocuparse de si le coceaban o no y, poco a poco, consiguió que recuperaran la calma.

—Esto es obra de Almeida, esto es obra de él... —repetía Berta indignada—. ¡Os lo dije, es un loco!

Pablo también sospechaba de Almeida después de lo que les había contado Berta, aunque no descartaba otras posibilidades. Al fin y al cabo, era la noche de las bromas...

—Nadie puede gastar una broma así, tío. Esto ha sido Almeida, te lo digo yo.

Kevin callaba, no aventuraba ninguna hipótesis y toda su atención se volcaba en los caballos. Pero Pablo pudo ver en sus ojos que un volcán más peligroso que el fuego hervía en su interior.

Pisaron la paja mojada y la removieron una y otra vez para comprobar que todas las brasas estaban apagadas, y luego se dedicaron a buscar posibles explicaciones del suceso. Descartaron el fuego casual porque no había nada capaz de causarlo y estuvieron de acuerdo en que cualquiera pudo entrar, aprovechando la oscuridad, por la puerta trasera del almacén, que había quedado abierta cuando sacaron las balas de paja. Quienquiera que fuera lo había tenido fácil, y de no haber estado allí, probablemente los caballos habrían muerto a causa del fuego o a causa del pavor. Kevin decidió sacarlos para que pudieran relajar la tensión dando algunas carreras. En vez de pasarlos al círculo de prácticas, les dejaron abierta toda la finca. Nada más verse libres salieron al galope hacia la fuente, y desaparecieron en la oscuridad. A lo lejos se les oyó resoplar una y otra vez. Kevin volvió a comprobar de nuevo que no había ni el más mínimo resto de fuego y luego pidió la ayuda de Pablo y de Berta para retirar la paja quemada.

—Es mejor hacerlo —les explicó—. El olor del fuego les pone nerviosos y seguramente tendríamos problemas para volver a meterlos aquí.

Ayudándose con las palas y las carrettillas, no tardaron en sacar los restos carbonizados, que fueron depositando en el montón de estiércol.

La tensión había extenuado a Berta, que corrió a sentarse. Pablo, también cansado, se apoyó en la pared, a su lado. El único que no daba muestras de cansancio era Kevin. Con el semblante serio y los músculos tensos como la cuerda del arco, daba vueltas de un lado para otro, comprobando que todo estaba en orden.

—*Cernunos* no ha vuelto —dijo de pronto.

En efecto, el perro había desaparecido tras dar la primera alarma y no había regresado.

—Ya sabes lo escapista que es. Andará por ahí a su aire —dijo Pablo para tranquilizar a Kevin.

Pero, o ésa no era razón suficiente, o Kevin buscaba una excusa para salir de allí. Pablo más bien se inclinó por pensar en esto último porque desde hacía rato el inglés andaba como un león enjaulado. Era obvio que necesitaba dar rienda suelta a su tensión, al igual que los caballos.

—Iré a buscarle —dijo con determinación, al tiempo que cogía una linterna del guadarnés.

Berta, de un salto, se cruzó en su camino.

—Déjalo. Ya vendrá. Es mejor que no salgas de aquí.

Pablo notó un ligero temblor en su voz.

Kevin se detuvo y preguntó:

—¿Por qué?

Berta pareció dudar antes de responder.

—Si fue Almeida, vendrá otra vez. Cuando sepa que le salió mal lo del incendio vendrá a degollar a los caballos. Yo no tomaría a broma sus bravuconadas.

Kevin apretó los dientes y con expresión fría dijo:

—Pues habrá que hacer algo para impedírselo, ¿no?

—Avisar a la Guardia Civil —dijo Pablo. Y añadió—: Seguro que están en la plaza.

Kevin no respondió nada a la sugerencia de Pablo. Se dirigió a la salida del picadero. Berta y Pablo fueron tras él.

Dieron vueltas en la oscuridad llamándole, pero no obtuvieron ninguna respuesta de *Cernunos*. Kevin se había adelantado y Pablo se dio cuenta de que cada vez se acercaba más a la plaza, como si una cuerda misteriosa tirara de él hacia aquel punto.

La verbena estaba en su apogeo, pero ninguno de los tres llevaba cara de fiesta. Kevin caminaba delante, con la cabeza alta y la mirada decidida de quien no mira por mirar sino que sabe lo que busca. Pablo agarró de la mano a Berta, llevado por el impulso de compartir el temor que sentía. Rodearon a la gente que se arremolinaba en torno a los que bailaban, y de pronto Pablo vio cómo Kevin aceleraba el paso y apartando a la gente se dirigía al otro extremo de la plaza.

Al fondo, apoyado en el mostrador del puesto de bebidas, estaba Almeida. Éste también se percató de la llegada de Kevin y Pablo vio desde lejos cómo hacía el gesto de sacar el cuchillo que llevaba al cinto. Miró de nuevo a Kevin, con el rostro sin sangre, como si fuera un cadáver, y oyó la voz cascada de Almeida que decía algo, pero no logró entenderle.

Fuera lo que fuera lo que dijo, Kevin siguió avanzando impávido hacia él, y sin mediar palabra, desató una cascada de golpes y puñetazos que hicieron rodar por el suelo a Almeida y a Kevin con él.

Nadie se interpuso; los que había alrededor se apartaron para hacer sitio a los contendientes y, en un instante, por la mente de Pablo pasaron un sinfín de pensamientos. Más tarde, recordándolo, no acertaba a comprender cómo le había dado tiempo a pensar tantas cosas en los escasos segundos que mediaron hasta que llegó al punto en que los dos hombres estaban enzarzados. Pensó sobre todo en el cuchillo y en que encontraría a Kevin en un charco de sangre y se preguntó qué iba a hacer entonces, pero aun así siguió avanzando hacia ellos, sin importarle nada. En el momento en que iba a intervenir, sintió que alguien detenía su brazo. Era Lino, que sosteniendo en su mano el cuchillo de Almeida, le dijo:

—Tranquilo; esto se lo quité yo antes.

Almeida quedó tendido en el suelo, farfullando improperios y amenazas; el aturdimiento de los golpes y el alcohol que llevaba en el cuerpo, al parecer, no le permitían levantarse.

—Se lo andaba buscando —dijo Lino—. Estaba claro que alguien iba a partirle los morros. Desde que llegó no hacía más que meterse con la gente, llamarnos idiotas y decir que él sí que tenía preparada una buena hoguera.

—Alguien ha intentando prenderle fuego a la cuadra de Kevin —le soltó Pablo de sopetón para ver cómo reaccionaba.

Lino mostró su sorpresa.

—Eso no es una broma. Nosotros no tenemos nada que ver. Nadie del pueblo haría una cosa así —dijo muy serio.

Kevin se alejaba ya, abriéndose paso de nuevo entre la gente. Algunos le daban palmadas en la espalda, mostrándole su apoyo. Berta y Pablo le siguieron.

—¿Estás bien? —le preguntaban ansiosos—. ¿No te has hecho daño?

—Por supuesto que estoy bien —respondió con sonrisa altiva.

Sólo un ligero temblor en la voz delataba la agitación interior que le sacudía.

Cuando regresaron al picadero encontraron a *Cernunos* echado junto a la furgoneta con aspecto mohíno. Tenía el hocico hecho un mapa sangrante y apestaba.

—Una pelea con una zorra, seguro —dijo Kevin.

—En vez de ir a por zorros podías dedicarte a cazar incendiarios —le recriminó Berta blandiendo un dedo admonitorio ante sus ojos.

Kevin dijo que sería mejor guardar los caballos y eso fue lo que hicieron en primer lugar. Sin decirlo expresamente, ni Pablo ni Berta querían dejar solo a Kevin aquella noche, y se buscaron una excusa tras otra para hacerle compañía. Ninguno de los tres tenía sueño y en el fondo, Pablo y Berta compartían el temor inexpresado de que se pudiera producir una reacción de Almeida. Tardaron en hablar de ello, y cuando lo hicieron, Kevin se mostró más arrogante que nunca.

—Si ésa es la razón por la que estáis aquí, podéis marcharos. No necesito a nadie.

Pero no pasó nada. La noche transcurrió tranquila y con la primera luz del día Kevin dijo que iba a darle un baño a *Cernunos,* como si con ello pretendiera borrar los últimos vestigios de la noche. Pablo estudió el semblante de su amigo y comprobó que estaba sereno. La tensión de su barbilla se había relajado.

Sólo con ver la esponja y el cubo en las manos de Kevin, *Cernunos* barruntó lo que se preparaba y con el rabo entre las patas corrió a buscar la protección de Pablo. Era algo que hacía últimamente cada vez que se veía amenazado y no le pasó desapercibido a Kevin.

—¡Eh! ¿Quieres cambiar de amo? —preguntó.

Cernunos le miró con ojos tristes y se dejó caer al suelo en actitud sumisa. Pablo le pasó la mano por el lomo varias veces.

—Está asustado —dijo.

Como si quisiera corrobar esa afirmación, el perro comenzó a temblar de forma descontrolada y su compulsión tardó en ceder a las caricias de Pablo.

—¿Has tenido perro alguna vez? —le preguntó Kevin.

—Cuando era niño había perros en casa... —respondió Pablo con desgana, como si le costara hablar de ello.

Kevin le miró, esperando que continuara.

—Eran de mi padre. Para la caza... Pero eso no era tener perros.

—¿Por qué? —insistió Kevin.

—Para él eran sólo bestias con una utilidad. Cuando dejaban de tenerla se deshacía de ellos. Mientras eran cachorros no me dejaba tocarlos porque decía que los maleaba, que se volvían falderos. Y cuando ya no servían para la caza, o no eran buenos en ella, los mataba de un tiro. Siempre se lo pedía, pero nunca me permitió quedarme con ninguno. Decía que era un gasto inútil.

Pablo tragó saliva antes de proseguir.

—Todavía no he sido capaz de olvidar aquellos ojos asustados que les quedaban después de muertos.

—Pero ahora podrías tener tu perro. Nada te lo impide —dijo Kevin.

—No.

Fue una negativa escueta y sólida, como una piedra lisa. Un «no» cuyo significado abarcaba todos aquellos años en que tuvo que aprender a negarse a sí mismo la inclinación natural a tomarles cariño a los indefensos cachorros, por la tristeza que le causaba su muerte brutal. Hasta que se acostumbró a ello como a un hecho normal, inevitable, sin cuestionarse más. Pero nunca quiso tener un perro.

Berta había escuchado todo en silencio y tampoco dijo nada cuando Pablo concluyó. Sus miradas se cruzaron un instante. El tiempo suficiente para que Pablo viera en sus ojos una comprensión profunda de su antiguo dolor.

El sonido lejano de un vehículo les hizo volver la cabeza hacia el camino. Los tres aguardaron tensos hasta que apareció en la curva. Era un todoterreno de la Guardia Civil.

—A buenas horas... —murmuró Pablo.

—¿Dónde estaban ayer? —preguntó Berta.

Para su sorpresa no venían a interesarse por lo ocurrido la noche anterior, sino a pedirle a Kevin la autorización de apertura del picadero.

—¿Tengo que tener autorización para que me puedan quemar el negocio? —preguntó Kevin irónicamente.

Pero los guardias no parecieron comprender la ironía. Kevin les enseñó la licencia municipal, que era el único papel legal que podía aportar, y aquéllos la estudiaron con detenimiento. Luego, le pidieron el pasaporte y la tarjeta de residente, que también miraron del derecho y del revés.

—¿Qué pasa, hombre? Soy un ciudadano comunitario —dijo desafiante Kevin.

Los guardias le miraron adustos y le devolvieron los papeles advirtiéndole:

—Tenga, y no se meta en líos si no quiere tener problemas.

Kevin reaccionó con irritación:

—¿Y qué hay de los que prenden fuego a los demás? ¿Ésos no tienen problemas?

Los guardias aseguraron no saber de qué les hablaba y escucharon con escepticismo lo que Kevin les contó de la noche anterior.

Afirmaron, sin convicción, que harían averiguaciones, pero que si no había una denuncia formal no podían hacer nada.

Berta intervino entonces para decir que ella sabía de alguien que había formulado amenazas y se ofreció a testificarlo así.

—Y no soy la única —añadió decidida.

Pero Kevin fue el primero en disuadirla y Pablo le apoyó.

—¡Estás loca! —la recriminaron cuando la guardía civil se marchó—. Tú estás trabajando con ellos, si declaras en su contra te echarán.

—Me importa un bledo. Sólo es un trabajo de mierda y a la mierda lo voy a mandar —aseguró muy enfadada mientras se dirigía al coche.

Era la primera vez que Pablo la veía perder la calma.

Kevin intentó disuadirla restándole importancia al hecho.

—Después de todo, no ha pasado nada. ¿Lo ves? Los caballos están bien, nosotros estamos bien. ¡Sólo se ha quemado un poco de paja!

Pablo apeló a su seguridad recordándole las mismas palabras que ella había usado para calificar a Almeida y a Onésimo.

—Son un par de chiflados...

Aunque pareció dejarse convencer, Kevin y Pablo sabían que no era sincera.

DIECISIETE

En los días siguientes no supieron nada más ni de Berta ni de Almeida ni de Onésimo. Pensaron que, finalmente, aquélla habría renunciado a poner la denuncia y todo habría vuelto a la normalidad; si se le podía llamar normalidad a lo que ocurría en la granja-escuela.

Entre tanto, el mes de agosto había entrado con fuerza en el picadero con la llegada de los turistas y veraneantes. A diario acudía gente desde la costa deseosa de montar los pura sangre del inglés, cuya fama había trascendido. Todas las expectativas de Pablo se estaban cumpliendo con creces y creía que también las de Kevin. Pero pronto vio que no era así.

El humor de Kevin se agriaba a ojos vistas y su descontento seguía una progresión preocupante. A veces era incapaz de contenerse y sus estallidos se producían con los clientes.

—¡No estoy aquí para aguantar tonterías, hombre! —decía con irritación en cuanto alguien le ponía alguna pega.

El camino inverso iniciado por Kevin semanas atrás, se hacía cada vez más evidente para Pablo y lo que más le desconcertaba era no saber por qué. Aunque lo peor era ser consciente de que no podía hacer nada. Pese a todo lo que le había hablado de sí mismo, no sabía de Kevin más que fragmentos de su vida aventurera y fascinante, que habían iluminado brevemente la de Pablo como los destellos de un faro iluminan la costa. Pero esas conversaciones no habían abierto ni un solo camino hacia su alma. Para Pablo, Kevin seguía siendo un misterio, una fortaleza inexpugnable que en aquellos momentos cruciales no sabía cómo abordar.

Porque si de algo más era consciente Pablo, era de que aquéllos eran momentos cruciales para su futuro. No podía soportar la idea de volver a perder las estrellas, pero ignoraba cómo retenerlas. Echó tanto de menos a Berta, ansiaba con tal intensidad su sereno optimismo, que apenas pudo extrañarse cuando vio aparecer el Ford Fiesta rojo por el camino, como respondiendo a un conjuro.

—¡Los he mandado a paseo! —gritó Berta desde la puerta, triunfal y magnífica, extendiendo los brazos como si de ellos colgaran las cadenas rotas.

Luego les contó que, finalmente, había ido al cuartelillo y lo había contado todo. Quizá lo del incendio no se aclarara, pero con el asunto de los niños se les había caído el pelo. Probablemente tendrían que cerrar la granja-escuela. Había llegado a oídos de los padres el trato de que eran objeto y tomaron cartas en el asunto, añadió misteriosa.

Pablo y Kevin apenas podían dar crédito a lo que Berta contaba, extendiéndose en los detalles del comportamiento grotesco de los dos personajes.

—Me lo he pasado en grande viéndoles morder el polvo —decía encantada.

Repentinamente seria, miró a Pablo, y éste supo lo que iba a decir. Y aunque deseó con todas sus fuerzas que no lo hiciera, no fue capaz de impedirlo. En sus ojos dulces, del color de la miel madura, Pablo leyó un mensaje de despedida y de pesar. Luego dijo lo innecesario:

—Me voy —sonrió de nuevo y añadió—: Pero hoy no. Esta noche cocinaré para vosotros. Será nuestra cena de despedida.

Kevin acogió la idea con entusiasmo y Pablo no dijo nada. Con gesto resignado, se ofreció como ayudante, con el secreto propósito de intentar convencerla de que se quedase.

—¿Qué necesitas? —le preguntó.

—Me arreglaré con lo que haya —respondió.

—Arroz y espaguetis —apuntó Kevin.

—¡Vaya! ¡Qué original! —exclamó Berta—. Quieres ponérmelo difícil, ¿eh?

Kevin salía en ese momento del picadero con tres clientes para el último paseo y dijo, al pasar a su lado:

—Ahí está el mérito de la buena cocinera...

—No importa —aseguró decidida—, los retos me estimulan.

Berta utilizó el piso de la furgoneta —cuya puerta estaba corrida— como asiento, y Pablo se acomodó a su lado en silencio. Mentalmente repasaba las frases que se le ocurrían, pero todas le parecían inadecuadas.

Se dio cuenta de que la elocuencia que necesitaba, aquella capaz de encontrar la frase clave para retener a Berta al menos por algún tiempo, no la había tenido nunca y no la iba a encontrar en ese instante. Eso le sumió en la desesperanza y el abatimiento.

—No estés triste —dijo Berta mirándole—. Nos veremos pronto; cuando vayas al concierto de U2.

—Sí, claro —mintió Pablo, o se mintió a sí mismo, o tal vez no.

Era un consuelo ver que Berta había captado su estado de ánimo. Pero no había captado sólo eso.

—No piensas ir, ¿verdad? —preguntó.

Pablo dudó en silencio. Una parte de su ser gritaba «¡Di que sí!», pero la otra, el Pablo inseguro, acomplejado, lastrado por la inercia paralizante, acallaba el grito.

—Alguna vez tendrás que empezar a hacer lo que quieres tú, ¿no crees? —preguntó Berta mientras, poniéndole una mano en la mejilla, le obligaba a mirarla.

—Estoy haciendo lo que quiero —respondió Pablo sin convicción.

—No. Estás haciendo lo que quiere Kevin. O lo que quería tu padre. O lo que quieren tus hermanas...

Los dulces ojos de Berta también podían mostrarse implacables.

—Nadie va a vivir tu vida por ti —y prosiguió sin dejar de mirarle—: Tampoco Kevin. Él te enseñó los nombres de las estrellas de Orión. Pero el firmamento es muy grande y hay muchas estrellas sin nombre. Piensa que eres tú quien tiene que ponérselo. Si no, nunca lo tendrán.

Pablo sintió admiración por ella, pensando que aquellas palabras eran dignas de una canción de U2. Y decidió continuarla.

—Es demasiado trabajo para mí solo. ¿Quieres ayudarme? —dijo muy serio mientras notaba cómo el corazón se le aceleraba.

Berta le miró con ojos burlones antes de responder:

—No te lo tomes a broma...

—¡Estoy hablando en serio! —protestó Pablo.

Pero Berta hizo un gesto amistosamente despectivo y, a continuación, señalando unos árboles, preguntó:

—¿Se pueden coger aquellas manzanas?

Señalaba a los manzanos que había en la finca contigua al picadero y que también era de Mundo. Se hallaban cargados de fruta madura.

—Claro —respondió Pablo—. Sólo las aprovechan los pájaros y los gusanos.

—Pues entonces hay para todos. Vamos a por ellas —dijo Berta levantándose animosa.

Recogieron un montón y las dejaron en una fuente en la furgoneta. Luego Berta sacó del coche una cesta de mimbre y la dejó junto a las manzanas con mucho cuidado.

—La cesta de mis trucos —dijo con voz misteriosa.

Mientras esperaban el regreso de Kevin, decidieron empezar a preparar la cena.

Berta le dijo a Pablo que le ayudara a partir las manzanas y extraerles el corazón. Mientras lo hacía, Berta le contó cómo, desde muy pequeña, había sentido afición por la cocina.

—No llegaba al fogón y ya quería prepararme el desayuno. Alcánzame aquella naranja —dijo señalando un frutero que contenía piezas variadas—. Enseguida empecé a hacer bizcochos y galletas... —continuó diciendo mientras rallaba la corteza de la naranja—. Y lo hacía sin ninguna receta, sólo con lo que le había visto a mi madre.

Mientras hablaba, había exprimido el zumo de la naranja y comenzado a picar finamente una cebolla. Pablo miraba con asombro la rapidez y seguridad con la que movía sus manos.

—Habrá una cazuela por aquí, ¿no? —preguntó mientras buscaba en el armario que había bajo el hornillo.

—Un poco de vinagre... y azúcar —siguió rebuscando—. Ya está...

Pablo seguía con atención todos sus movimientos como quien presencia la actuación de un mago. Berta disolvió el azúcar con el vinagre, a fuego lento, y luego añadió la cebolla picada y sal. Después rebuscó en su cesto de mimbre y sacó dos tarritos de cristal, diciendo:

—Y ahora, ¡tachín!, ¡el toque mágico! —dijo riéndose y haciendo malabarismos con los dos frascos.

Pablo quería ver de qué se trataba, pero ella se lo impidió.

—No, no, ése es mi secreto.

Pablo sólo vio que echaba al guiso un poco de cada uno de los frascos y lo tapaba.

—Y a propósito de secretos, a ver qué tiene éste por aquí —dijo dirigiéndose hacia los estantes de los libros—. ¡Uf! Está todo en inglés.

Pablo se rió.

—Lo mismo que dije yo. Casi todo es sobre los celtas y los caballos. Sus dos pasiones.

—¿Tú crees que tiene pasiones? —preguntó Berta escéptica—. ¡Parece tan frío!

—¡Es inglés, hombre! —respondió Pablo imitando el acento de Kevin.

—Es frío y misterioso —siguió diciendo Berta.

—¿Crees que oculta o huye de algo? —preguntó Pablo.

Berta se acercó al fuego para remover el contenido de la cazuela.

—Quizá de sí mismo. Por eso viaja tanto.

Añadió las manzanas que habían partido, la ralladura y el zumo de naranja. Lo tapó y dijo:

—Ya está, ahora sólo hay que darle tiempo. Luego haremos el arroz o los espagueti.

Pablo estaba hojeando una revista de caballos. La última que había recibido Kevin, y se había detenido ante un anuncio. Berta se acercó y miró por encima de su hombro:

—¿Qué es eso? —preguntó.

—Un anuncio —Pablo leyó en voz alta—:

Aprenda inglés y gane un sueldo sustancioso.
La oportunidad que andaba buscando.
¿Es usted un joven ambicioso?
Aquí está su oportunidad:
Pastor en la inigualable California.
Podrá aprender inglés mientras realiza un trabajo cómodo y remunerado en dólares americanos.

—¿Y si nos vamos a California de pastores? —preguntó Berta risueña—. El abuelo de un vasco amigo mío fue pastor de ovejas, pero no sé si en California o en Nevada. Todavía vive por allí.

Pablo siguió mirando el anuncio un buen rato, recordando lo que Kevin había contado de California, y preguntándose si no estaría a su alcance hacer lo mismo que él. «Alguna vez tendrás que empezar a hacer lo que quieres tú», había dicho Berta un momento antes. Sí, algún día...

Cuando regresó Kevin, Pablo le enseñó el anuncio, pero el inglés apenas lo miró. Estaba cansado y tenía hambre, declaró:

—¿Qué sorpresa nos espera? —preguntó dirigiéndose a Berta.

—*Chutney* de manzana con arroz o espaguetis, a elegir —anunció Berta satisfecha.

—¡*Chutney*! —exclamó Kevin alborozado—. ¡Cuánto tiempo sin comer *chutney*!

Pablo no tenía la menor idea de lo que hablaban. Había seguido, más o menos, la elaboración del plato, pero era la primera vez en su vida que oía tal palabra.

Kevin hizo grandes alabanzas y Pablo lo comió con placer porque lo había hecho Berta, aunque el sabor agridulce en la comida le resultara nuevo y chocante.

La noche transcurrió sin sentir el paso del tiempo. Pablo quería aprovechar al máximo aquellas horas con la presencia de Berta, exprimir hasta la última milésima de segundo. Obligó a Kevin a que les contara su vida en California, esperando interesar a Berta.

Y Kevin estuvo brillante, quizá porque había captado el mensaje de Pablo, quizá porque aquella noche él se sentía a gusto y parecía feliz. Les contó cómo era el valle de Yosemite, sus maravillosos bosques, sus desfiladeros de rocas inverosímiles, las cascadas que se helaban en invierno... Sus palabras hacían soñar con viajes inalcanzables.

Berta dijo:

—Me encantaría viajar, pero ¡cuesta tanta pasta! ¿Cómo te las arreglas tú? —le preguntó a Kevin.

—Para mí, viajar es ir a un lugar y quedarme allí un tiempo; buscar un trabajo, la manera de ganarme la vida y, mientras tanto, conocer el país y la gente. Es decir, lo mismo que haría en mi país, hacerlo en otros. ¡Es fácil! Yo gano dinero en mis viajes. Lo que resulta caro es viajar como turista; además de inútil.

Kevin contó, para ilustrar su teoría, que el viaje de regreso de Estados Unidos lo había realizado como ayudante de electricista en un yate de lujo que venía a Europa.

Pablo se preguntaba, escuchándole, si alguna vez llegaría al fondo de la caja de sorpresas que era Kevin. Pero, súbitamente, al recordar su estado de ánimo en los últimos días, no tuvo ninguna duda de cuál era la respuesta a esa pregunta: no habría tiempo.

Con la primera luz del amanecer, Berta dijo que debía partir. Pretendía llegar a Soria antes del mediodía porque ya tenía concertada una cita para un nuevo trabajo durante el resto del verano.

—Yo soy más modesta —bromeó con Kevin—, pero, en el fondo, hago lo mismo.

Aquellas palabras acrecentaron la tristeza que ya sentía Pablo. Al pesar que le producía la partida de Berta, se sumaba la constatación de su parálisis vital. Todo se movía menos él. Él seguía en la estación viendo pasar los trenes... ¿Hasta cuándo?

Pese a la amargura de la despedida, Pablo pensó que aquélla había sido la noche más feliz de su vida. También Kevin había vuelto a recuperar aquella noche su perdido fulgor, como si Berta hubiera traído con ella un poco de luz de luna. Por todo eso, mientras veía alejarse el Ford Fiesta rojo, Pablo se aferró a la idea de que no podía ser una despedida definitiva. Había comenzado a tejerse un hilo invisible entre ambos, para el que aún no había encontrado nombre; pero lo buscaría, al igual que los nombres de las estrellas.

Cuando el coche se perdió de vista en el primer recodo del camino, entre una nube de polvo, Kevin exclamó volviéndose hacia Pablo:

—*Nice girl!*

Kevin sólo usaba expresiones en inglés cuando algo le impresionaba mucho.

Al día siguiente hubo otra despedida. La de Estefanía, que se marchaba a Irlanda cumpliendo los deseos de su padre. No parecía muy ilusionada con el viaje y declaró que hubiera preferido quedarse, «ahora que están aquí todos los veraneantes», dijo. Pero ya no podía dar marcha atrás.

Ni Pablo ni Kevin mencionaron las frustradas clases de informática porque imaginaron que ya estaría al corriente de lo ocurrido. Las noticias en Dumbría tardaban menos en propagarse que el fuego en un reguero de pólvora. Pablo no sintió nada con la despedida de Estefanía. Tan sólo cierta lástima cuando notó cómo sus ojos buscaban en los de Kevin algún indicio para la esperanza. Se prometió a sí mismo contarle la conversación que había tenido con Kevin en el bosque, en cuanto regresara de Irlanda.

DIECIOCHO

No sólo Kevin estaba cansado, los caballos también estaban agotados. La sobrecarga de trabajo les hacía sufrir frecuentes problemas de patas y cascos que obligaban a constantes visitas del veterinario. Nervioso, cuando no histérico, Kevin decidía, sin previo aviso, cerrar el picadero un par de días para darles descanso. Algunos clientes que, en determinados casos, habían recorrido kilómetros atraídos por la novedad de los pura sangre, reaccionaban con disgusto cuando al llegar al picadero se encontraban con el letrero de «Cerrado». Pero a Kevin le importaba un bledo. Buscaba la sombra de un árbol y se sentaba a leer durante toda la jornada sin dirigir la palabra a nadie ni permitir que se la dirigieran. A veces, ni siquiera comía, alegando que estaba de ayuno.

Pablo, aprovechando una ocasión que le pareció propicia, le expuso la idea que le parecía más lógica para dar descanso a los pura sangre: comprar más caballos; sólo modestos caballos del país, para salvar el mes de agosto.

Kevin dejó a un lado el libro que tenía en las manos y, sin mirarle, dijo:

—¿Sabes, amigo? Mi cerebro necesita cosas nuevas cada cierto tiempo.

Lo dijo con pesadumbre, como si hablara de una enfermedad incurable o de una maldición. Sin embargo, no había pesadumbre en sus ojos cuando miró a Pablo, sino la misma altiva condescendencia de siempre. «Tú no eres capaz de entenderlo», parecían decirle.

Pero sí lo comprendía. En realidad, nunca había estado más cerca de comprender lo que pasaba por la cabeza de Kevin que en aquellos momentos. Se guardó todas sus propuestas, todas las iniciativas que laboriosamente había preparado en los últimos días para demostrarle que tenía iniciativa y que estaba capacitado para trabajar con él codo con codo, y regresó a su casa cabizbajo y deprimido. Tardó sólo unos minutos en volver a salir. No podía soportar la soledad de aquellos muros negros.

Sabía que en el bar de Eliseo se encontraría con los de siempre, Lino y los demás. Le recibieron alborozados de que regresara a las viejas costumbres y le propusieron que fuera a buscar a Kevin para que también se uniera a ellos. Pablo alegó que estaba cansado y se había ido a dormir, pero notó que no creían en sus palabras.

—Es raro ese inglés. Yo creo que no aguanta aquí todo el invierno —dijo Lino con sorna.

Pablo, antes que dejar traslucir su frustración, estaba dispuesto a mentir. Les habló de los proyectos de ampliación del picadero, de la compra de varios caballos más, de su asociación con Kevin, y dijo que tenían grandes planes para el futuro ahora que la granja-escuela había cerrado y eran los únicos que podían ofrecer rutas a caballo en toda la zona. Puso tanto entusiasmo en sus palabras que logró despertar la admiración de la mayoría.

—Eso es lo que hay hacer —decían—. Traer cosas nuevas aquí en vez de ir a buscarlas fuera. Deberíamos hacer todos como tú.

A la mañana siguiente se despertó con nuevos ánimos, bajo la influencia de la conversación que había tenido la noche anterior. Se dirigió al picadero dispuesto a que Kevin le escuchara y a defender sus planes con el mismo ardor que lo había hecho en el bar. Por el camino iba pensando en las palabras que utilizaría para volver a entusiasmar a Kevin. Ante todo, sería sincero. Estaba dispuesto a vender las vacas y disponer de los ahorros que guardaba, pero no quería seguir siendo el mozo de cuadra. Creía que ya estaba suficientemente preparado para asumir otras tareas, incluso dar las clases más sencillas.

Sus hermanas estaban muy lejos y no se enterarían de nada mientras no se tocaran las tierras. Y cuando el picadero se hubiera convertido en un gran negocio, entonces, sólo entonces, se lo diría...

Lamentó la ausencia de Berta. Con su ayuda todo habría sido más sencillo.

En la cancilla se encontró con el letrero de «Cerrado» y no vio la Volkswagen en el lugar de siempre, pero no le causó demasiada extrañeza. En ocasiones, Kevin decidía ir a Villa para hacer compras o, simplemente, para dar una vuelta. Casi siempre avisaba a Pablo por si quería acompañarle, pero, últimamente, había desaparecido varias veces sin decir nada. Pablo lo achacaba a su tendencia a estar solo, cosa que resultaba bastante difícil en el picadero. Lo que ya le extrañó más fue que *Cernunos* no saliera a recibirle. En las ausencias de Kevin, siempre se quedaba de guardián. Decidió pensar que también él se había ido de paseo.

Iba bien avanzada la mañana cuando oyó el motor de un coche; al principio creyó que era Kevin, pero enseguida se dio cuenta de que no sonaba igual. Alzó la cabeza y vio que se trataba de un camión grande. Lo siguió con la mirada, intrigado, preguntándose de quién podía tratarse.

Al chófer no lo conocía, pero sí al acompañante. Al ver descender de la cabina al Rajao, Pablo pensó que Kevin, por fin, haciendo caso de su sugerencia, había acabado por comprar caballos del país. Se acercó al camión contento y pensando que en cualquier momento aparecería Kevin. Pero su primera sorpresa fue comprobar que en el interior de la caja del camión no había ningún caballo. Intercambiaron saludos y el Rajao, acercándose a la valla del picadero, dijo:

—Así que ésos son los celebrados pura sangre ingleses, ¿eh? ¡Vaya bichos! De esto no hay por aquí.

—No —convino Pablo.

Los caballos estaban comiendo la hierba que poco antes les había echado Pablo y sólo levantaron la cabeza brevemente para mirar a los recién llegados.

—Demasiado finas estas patas para estas tierras —dijo moviendo la cabeza pensativo—. Temo que no sepan ni herrarlos, dónde van a ir...

Pablo creyó haber oído mal y preguntó:

—¿Cómo que dónde van a ir...?

El Rajao le miró achicando más aún su ojo pequeño y abriendo desmesuradamente el otro, como para compensar.

—¿No lo sabes? Al picadero de la Vega —dijo sin dejar de mirar a Pablo.

—No. Debe de haber un error. Estos caballos no pueden ir a la Vega —negó Pablo con firmeza.

—Pero vamos a ver: ¿estos no son los caballos del inglés? —preguntó irritado.

—Sí, claro que son los del inglés. Por eso digo que hay un error.

—Entonces, el errado eres tú —aseveró el Rajao con cierta sorna—. El inglés me vendió los caballos a mí y yo se los vendo al picadero de la Vega.

—Pero... si el picadero de la Vega está cerrado desde...

—Yo no sé nada de si está abierto o cerrado —le interrumpió con impaciencia el Rajao—. A mí me vino un señor diciendo que era del picadero de la Vega y que quería los pura sangre. Por mí como si los quiere poner en el salón de su casa.

Pablo sintió que el aire desaparecía de sus pulmones y la sangre de sus venas. Su cerebro estaba vacío. No supo de dónde pudo sacar la fuerza suficiente para seguir negando lo que el Rajao se empeñaba en afirmar. Cuando ya no le quedó más remedio que admitir lo que decía, preguntó:

—¿Cuándo le vendió Kevin los caballos?

—Cerramos la operación esta misma mañana, aunque ya estaba hablado desde hace días. Pero ¿no sois socios? —preguntó extrañado.

—Sí —mintió Pablo con voz opaca.

—No es asunto mío cómo os arregléis. Yo le di el dinero a él porque él fue el que cerró el trato conmigo. Lo demás es cosa vuestra.

Pablo no le escuchaba. Su cerebro estaba demasiado ocupado en tomar una decisión. La sangre acudía de nuevo a sus sienes y la sentía resonar en su cabeza como el galope de caballos salvajes. Kevin había desaparecido y con él desaparecían, como una burbuja que estalla en el aire, todos sus sueños, todos sus planes, todo su futuro. En medio del torbellino, sin saber por qué, vio los ojos de Berta y oyó su voz diciéndole: «Tienes que vivir tu vida de una vez, hacer lo que quieres tú, no lo que quieren otros»... Sabía lo que quería. Se lo había estado repitiendo a otros y a sí mismo hasta la saciedad. Sólo tenía que tomar la decisión. La primera decisión de su vida.

—Yo los compro otra vez. Los caballos —dijo sintiendo el corazón en la boca.

El Rajao le miraba receloso. Pero en sus ojos dispares, Pablo vio asomar un brillo de codicia.

—Esto es muy raro... Además, ¿qué gano yo en esta operación? Di mi palabra, ahora qué voy a decir...

—Yo pagaré el mismo precio que iba a pagar el de la Vega o más, si hace falta —se apresuró a afirmar Pablo con la respiración agitada.

—En el trato también entraban las monturas y todo el equipaje...

—Sí, sí, me quedo con todo —confirmó Pablo atropelladamente.

Una vez que había tomado la decisión, nada podía pararle.

—Lo único que le pido es que espere un par de días. Es lo que tardaré en tener el dinero.

El Rajao dudó y se lamentó, pero acabó accediendo en nombre de lo que llamó, pomposamente, «la amistad que le había unido al padre de Pablo».

Antes de marchar, aún miró de soslayo a los caballos, calculando si habría hecho un buen negocio o no.

Pablo vio partir el camión vacío, como había llegado, y esperaba que eso fuera un alivio; pero su ánimo estaba demasiado alterado como para sosegarlo con tan poca cosa. Se sentó en el guadarnés, que olía a cuero y a grasa, con sensación de irrealidad. Aún no podía creer en la huida de Kevin y, sin embargo, siempre había sabido que no estaba allí para quedarse. Rememoraba las últimas semanas y se daba cuenta de que no había querido admitir lo que era evidente: el hartazgo. Hacía tiempo que su «su cerebro necesitaba cosas nuevas», y había ido en busca de ellas. Para el inglés, Dumbría y el picadero no habían sido otra cosa que una experiencia más que añadir a las historias que contar a otros oídos fascinados. Se sentía traicionado y, en cierto modo, estafado cuando pensaba en lo mucho que le había dado a Kevin durante los meses pasados allí. Había sido su valedor ante el pueblo, le había dado su tiempo, su trabajo, su confianza sin medida y había depositado en él todas sus esperanzas de futuro. Y, a cambio de todo ello, ¿qué había recibido?... El último y definitivo desplante, fruto, no estaba seguro, si de la cobardía o de la inconstancia.

En algún momento de su ofuscado razonamiento, se dijo que estaba pensando lo mismo que Mundo y Lino y el resto del pueblo. Debió de ser el instinto de supervivencia el que le hizo reaccionar. De pronto, como si despertara bruscamente de un sueño, se daba cuenta de que todo aquello que había ambicionado y por lo que había luchado en los últimos meses lo tenía en sus manos: le había comprado al Rajao los caballos y los equipos. Mejor aún, se los había arrebatado a Onésimo de las manos, o quien quiera que estuviera al frente de la granja-escuela de la Vega. Pensó que Kevin estaría orgulloso de su decisión porque dudaba que supiera, en el momento de venderle los caballos al Rajao, cuál iba a ser su paradero.

Poco a poco fue cediendo el latido de sus sienes. Y el rencor que había empezado a sentir hacia Kevin iba dejando paso a otro sentimiento que se parecía más a la gratitud. Quizá la brusca partida del inglés era, antes que cobardía o frivolidad, una manera de decirle, a su modo brusco y arrogante, que había llegado el momento de enfrentarse a sus sueños, de caminar hacia la luna porque ésta estaba a su alcance y no necesitaba a nadie más para hacerlo.

Pasaron muchas horas hasta que por fin salió al exterior buscando el aire que le faltaba. Tenía que pensar en muchas cosas, y la más inmediata era el dinero para el Rajao. Pero eso lo solucionaría por la mañana en la Caja de Ahorros. Era suficiente con el dinero que había ido guardando para un tractor nuevo. Se preguntó qué iba a hacer con el picadero, él, que sólo sabía de caballos lo que había aprendido a lo largo de aquellos meses observando a Kevin. Pero tampoco la respuesta a esa pregunta era importante. Improvisaría. Lo realmente importante era que había tenido el valor de hacerlo. Había levantado los ojos del surco, como le dijo Berta aquella tarde.

Miró al cielo en busca de Orión temiendo que se hubiera ido con Kevin, pero allí estaba, impasible y magnífico. Y allí estaban también millones de estrellas aguardando un nombre.

Se apoyó en la valla del picadero recordando la tarde que aguardaban la llegada de los caballos. Kevin era entonces la imagen de la plenitud, de los sueños realizados, y él un espectador de la gloria ajena que trataba de imaginar las dulzuras de la miel del triunfo.

Giró la cabeza en busca de la luna, pero no había luna aquella noche. De las sombras que envolvían la parte baja de la finca surgieron los caballos, caminando con paso cansino hacia Pablo. Acercaron los ollares a sus manos y recorrieron sus brazos olisqueándole como si buscaran respuestas, ellos también. Seguramente se estarían preguntando, sorprendidos, por qué aquella noche no les habían metido en la cuadra como siempre.

«Los animales necesitan sorpresas de vez en cuando. Si no, su vida sería muy aburrida», pensó recordando de nuevo a Berta.

Por primera vez se daba cuenta de que echaba de menos a alguien de verdad. Kevin había aparecido en su vida como una estrella fugaz, surgiendo de la oscuridad, brillando con fulgor unos instantes y desapareciendo de nuevo en el firmamento infinito, en realidad, tan lejano siempre como el mismo Orión. Pero Berta se había posado a su lado con la humilde luz de una luciérnaga e iluminaba el camino. Deseaba que iluminara su camino.

La claridad del amanecer devolvió el perfil a los árboles, a los montes que rodeaban Dumbría, a la torre de la iglesia, que se alzaba en el fondo del valle como si surgiera de un estuche verde. El mundo nacía de nuevo con el día y todo le parecía distinto a Pablo. El otoño apuntaba ya en las hojas de los árboles con una variedad infinita de tonos amarillos y rojos. Pronto estarían desnudos. Pero volvería la primavera y, de nuevo, se llenarían de hojas. Y no se sintió apremiado por la urgencia de las labores de la nueva estación. «Octubre —cantaba Bono en su mente—, y nacen los reinos y mueren los reinos, pero sigues adelante... y sigues.»

Ahora recordaba aquella canción que antes le parecía ajena, algo que no iba con él:

¿Quién va a montar tus caballos salvajes?
¿Quién se ahogará en tu mar azul?
¿Quién va a montar tus caballos salvajes?

«Yo», se dijo, mientras una música nueva sonaba en su cabeza.